Ludwig Weibel
Nimbus der Verklärten
Überirdische Gelassenheit

Books on Demand

Bibliographische Information der Deutschen Nationalbibliothek
Die Deutsche Nationalbibliothek verzeichnet diese
Publikation in der deutschen Nationalbibliographie,
detaillierte bibliographische Daten sind im Internet über
http://dnb.dnb.de abrufbar.

© 2015 Autor: Ludwig Weibel
Herstellung und Verlag:
BoD – Books on Demand, Norderstedt
ISBN 9783739210049

Ludwig Weibel

Nimbus der Verklärten

Die Kräfte wahren Seines  Strebens   5

Ruf nach gloriosen Wundertaten   27

Trost kann jeder brauchen   53

Im Geist der Wahrheit   77

Weihe dich dem Sein   101

Traust du Meinen Worten   127

Betrachter aller Weltenzeiten   151

Die Kräfte wahren Seins und Strebens

1.1

Betrachte Ich das Milieu von Tod und Leben fällt Mir auf, dass diese gegensätzlichen Begriffe für die Geistwelt keine Geltung haben. Hier dreht sich alles um lebendige Gegebenheiten, geistvolle Wesen und Gestalten, deren Lichtverstrahlen Helle schafft im Raum worin sie existieren.

1.2

Gedankenstille schöpft Vertrauen in das Sein, in welchem du dich in die Welt der Seienden und Selbst-Gewinnenden erhebst. Hier wird dir offenbar mit welcher Fülle Lichts Ich dir und deinem Angesicht voll Wärme und Entschiedenheit begegne. Es macht wenig Sinn darüber auch nur einen Augenblick zu spekulieren woher die Aberkräfte kommen die Mich stets beseelen und durch die Ich die Geschehnisse der Welt im Gang erhalte. Sie *sind,* das heisst, sie standen Mir seit jeher vollumfänglich zur Verfügung stante pede im Allhier.

1.3

Das Ewige ist dir so nah, es lässt sich mit dem Geist gelind umfassen, derweil es ist im Herzen liebvoll da zur Tröstung hinterlassen. Was immer du auch suchst, du hast es schon gefunden und wenn du Mich besuchst, bin Ich dir tief verbunden. Die Sonne steiget auf und sinket prächtig nieder und hinterlässt auf ihrem Lauf des Himmels Liebeslieder.

1.4

Makellose Stille, namenlose Heiterkeit im reinen Sein das Ich Mir zur Verfügung halte; Wachsamkeit, Verschwiegenheit und Lauterkeit des Herzens, Meine Daseinsmelodie. Unendlichkeit im Zeitenlosen, allerfüllende Glückseligkeit im Lichte das Ich Meinem Sein verstrahle. Überirdische Gelassenheit im namenlosen Frieden, den die Seele sich beschehrt. Unermessnes Weltenlieben das den Freudenhimmel klärt in den Ich Mein Empfinden tauche, tief verschmelzend mit der ewigen Natur und der Natürlichkeit der Sphären.

Wache Stille, stille Wachsamkeit, Behutsamkeit im Wortvermählen, seinsgegeben, seinsergeben in des Seins Erhabenheiten. Klare Weiten ohne Zeiten, Seinsbeschaulichkeiten, seelenvolles Weilen, Liebeslicht Verteilen, Ton im Tönen, Allversöhnen, gleitende Gerechtigkeit, Nimbus der Verklärten, Hort der Unversehrten.

Wohllaut, seelenvoll im schweigenden Gebete, Hingegebenheit an die bewundernswerte Gottnatur.

1.5

Das Ziel: ruhige Schönheit, unwandelbare Heiterkeit, Adel der Gerechten, Sitz der Weisheit, Wesen reiner Liebe, Gottesfreund im Menschen, ins All gefasster Solitär. Majestät von eignen Gnaden, Generationenspender, Lichtmagnat, Laudatio von ewigem Bestand, Quelle aller Segensströme. Alphabet der Hoffnung auf unendliches Gedeihen. Mahatma überragenden Gestaltens, Sinn und Sanktuarium der Evolutionen. Pracht der Sterne, Heilkraft der Verklärten, Leuchte der Verirrten, Grossmogul.

1.6

Hier bleibt Mir nur das Geisteslicht das Ich Mir selbst verstrahle, die Zungenfertigkeit erhabener Gedanken und die Gewähr für was Ich Bin als Wesen reiner Tatkraft in verehrenswerter Frische und Manierlichkeit am Sein, das Ich beglückt repräsentiere. Nichts weder vor noch hinter Mir, nur die

Benedeiung jedes Augenblicks, den Ich im Zustand der Allherrlichkeit erlebe. Mit schwer sonoren Schlägen wird vor Meinem Sinn die Stunde Null in die Allwirklichkeit geschlagen. Mir dämmert, was Ich will und kann, derweil Ich frohgemut Mich in Mir selbst erfühle. So stelle Ich die Frage vor Mich hin: Was geschieht auf Meinen Wunsch, Mich so wie Ich gerade Bin zu duplizieren. Und siehe da, Ich habe Mir ein Gegenüber von vollendeter Identität und Ebenbildlichkeit geschaffen, das im Geistraum lebt und webt und zirkuliert, den Ich um Mich verbreite. Es ist Mein Ich und nicht mehr Meins im selben Zuge und verkörpert was Ich Bin und was es *ist* in gleicher Qualität und Auserlesenheit, Bewusstheit, Genialität und Herzensgüte, deren Ich Mich seiend und Mich selbst erfindend rühme.

Damit entfaltet sich ein unerhört flexibler und bemerkenswerter Dialog zwischen dem was Ich Mir Bin und Meinem in die Existenz gesetzten, seelenvollen Gegenüber. Im Sich-Entfalten der geäusserten Gedankengänge treten seinssubtile Unterschiede auf, die sich als winzige Verschiedenheit der Charaktere offenbaren. Was der Eine tut, beginnt der Andere zu lassen; was des Einen Denkart ist, muss nicht unbedingt diejenige des Andern sein, weil beide in der Freiheit ihres eigenen Befindens und Empfindens, Ausgelassen- und Verhalten-Seins agieren.

Der Keim von Mir zu einer faszinierenden Entfaltungswelt und variablen Ein- und Aussicht ist gelegt und wird sich in der individuellen Fülle seiner mikrogenen sowie makrogenen Seinsentfaltungen vor Meinem Angesicht als lebensfähig und salut erweisen.

1.7

Wer sich wundert, dass er anders ist als alle anderen, hat den Begriff der Evolution noch nicht verstanden. Sein Divergieren kann im Grund genommen auf die Stunde Null des Universenseins geführt und plausibilisiert, zurückgespult und ausgerufen werden. Ganz subtil aus einer Abergeist-Potenz und gloriosen Genialität heraus hat die Verbildlichung in kosmischer Dimension begonnen und stilisiert sich heute noch, im Menschenweltlichen, in unermessne Fernen. Bist du ein sinniges Produkt der Evolutionen kannst du sicher sein, dass auch die deine, individuelle, sagenhaften Fürstlichkeiten zustrebt, die allesamt an deinem wie an Meinem Aberwillen hangen.

Was du wirklich Bist ist das auf Mich und Meine Geistigkeit zurückzuführende Pendant zur Urintelligenz und Genialität, aus der heraus Ich alles was da *ist* mit Sorgfalt und Erfindergeist, unendlicher Behutsamkeit und markanter Schöpferkraft entwickelt habe. Du bist Mein Geist und was du sichtbar an dir trägst, ist bloss Verfestigung unzähliger Gedanken, die sich von Mir zu dir und schliesslich auch von dir zu Mir herauf entwickelt haben. So lässt sich auch das Wesen der Vergänglichkeit erklären. Denn alles was geschaffen ist, taugt nur als Stütze und auf Zeit geschaffene Verbindlichkeit zu höherwertigen Begriffen Meiner Selbst im Andersartigen.

Was du dir leiblich bist muss auch vergehn in dem Moment, wo du erkennst, dass du in erster wie in letzter Konsequenz Mich Bist in einer Generationenfolge unerhört geschmeidiger, effizienter und bewundernswürdiger Gedankengänge, die das Ich der Welt aufs Trefflichste bezeugen. Folglich bist du eine Rarität, herauskristallisiert aus dem Begriffsfeld Meiner Herzlichkeit als Wesen unerschöpflichen Elans und Manifest unlöslicher Verbindlichkeit mit Mir und Meinen Iterationen.

1.8
Durch die Teilung des urgöttlichen Bewusstseins ist unweigerlich die Sehnsucht nach Vereinigung mit ihm und seiner unnachahmlichen Grandezza und Gediegenheit entstanden.

1.9
Welche Tage sind die wesentlichsten in Bezug auf Meine Weltkarriere, setze ich Mir zu zu fragen? Diejenigen sind es, an denen Ich Mir vollbewusste Novitäten zugehalten und errungen habe. Das Vergangene kann Mich nur halb so heftig interessieren, wie das was aktuell, brandneu und das Gemüt erregend ist in Meiner Eigenschaft als sagenhaft potenter, virulenter und bewusster Denker über allem was Ich Mir schon seit Äonenzeit erdachte. Da beginnen die Gedankenwesen, die Ich Mir erschuf, in selbstverständlicher Manier und Tatkraft rege und solvent zu werden nach ihrer Eigenart und Façon, die Ich ihnen mitgegeben. Da zeigt sich jede noch so spielerisch geschaffene Nuance als ins Unendliche hinüberreichende Veränderung der Situation, in die Ich pausenlos hineingerate. Je nach Neigung zieht sie Mich zum Guten oder Angeschlagnen hin und verlangt nach freudiger Bestätigung oder radikaler Korrektur.

Anstrengend ist es in Gedankenschärfe und Mobilität alles Vorgefallene präsent und wirksam zu erhalten. Das bringt Mich auf die trefflich Idee die hohen Schwingungsraten sanktionierter Genialitäten Zug um Zug herabzusetzen, bis sie als feste Formen ihre Eigenheit von selbst bewahren. In diesem Zustand aber sind sie vor dem mählichen Zerbröseln nicht verschont. Es macht auch keinen

Sinn ihnen nachzutrauern weil so viele neue, aus Erfahrung würdigere und wunderschönere erstehn.

1.10

Eine Welt ersteht aus sich verfestigenden viel bewanderten Gedankenwesen, denen es obliegt, sich über Generationen hin tatkräftig zu vermehren, derweil die alt gewordenen allmählich ganz von selbst ins Nichts verschwinden. Gedanken also *sind*, doch was sie sich erdenken hat nicht mehr die selbe Qualität wie sie und muss deshalb als Illusion bezeichnet werden. Der Kosmos, so wie ihn die Wissenschaftler sehen, existierte einmal nicht. Die Materie ist ein erdachtes Phänomen an welchem unter Meiner Unité de doctrine unzählige Gedankenwesen im Äonenlauf geschaffen und gebildet haben. Am Schöpfungsanfang existierte nur das Welten-Ich und seine Genialität aus denen alles Weltliche hervorging in Myriaden Variationen.

1.11

Was soll Ich aus den Tiefen Meiner selbst nun heben, ist die Frage, wo doch so viel ansteht um verwirklicht und gehegt zu werden allsolange wie es eben tunlich ist und wohlbekömmlich für den Fortgang Meiner exquisiten Traditionen? Es stellen sich Mir Hindernisse aller Art entgegen, doch Ich überwinde sie, indem Ich Mir zum X-ten Male ins Bewusstsein bringe, dass für Mich kein Stau zu hoch, kein Weg zu lang und kein Zeitaufwand zu unerträglich ist, um angepackt und schliesslich mit Bravour erfüllt, befehdet und besiegt zu werden.

Ich stelle Meines Adels Wappen vor Mich hin und finde an ihm allen Muts Gefallen den Ich brauche um noch einmal anzufangen dort, wo etwas bei dem ersten Anlauf nicht gelang. Der Zweite oder Dritte oder Siebte wird es sicher bringen mit dem

Nachweis, dass Ich wirklich alles kann womit Mein Wille sich beschäftigt und worin Mein Denken Neues sich erschuf.

Einmal hat es auch nicht eines von den so entzückend eingefärbten und geformten Blümchen in der neugeschaffnen Welt gegeben. Stelle du dir einmal etwas wirklich Neues auf dem Wiesenteppich vor dem Hause vor, statt ihn peinlich öd und grün und kurz zu halten, klinisch sauber, fantasielos und fürs Auge wie verdorben. Das wäre eine wahre Schöpfertat, so wie Ich sie myriadenfach und wohlgelungen ausgeführt und für gut befunden habe.

1.12

An dem einen Beispiel kannst du wohl ermessen wie viel schöpferische Fantasie es brauchte, um alles was da *ist* so liebevoll hervorzubringen. Du selber schaffst und schaffst und bist dir nicht bewusst wie sehr Ich Seinsgedanken in dir hege. „Der Geisteswind weht wo er will" bedeutet, dass sich die Gedanken die da *sind* durchmischen und durchweben und damit zu den verschied'nen Taten Anlass geben. Sieh nur die Reden eines Volkstribuns, wie sie in dir und vielen wirken und ihrem Tun und Lassen diese oder jene Richtung suggerieren. Jedoch: berätst du dich mit Mir im Seinsvertrauen, kannst du sicher sein, dass Ich dich in eine vorteilhafte Richtung lenke, sowohl für dich wie für das grosse Ganze, das Ich Bin und das auf jeden Fall mit wohlbegründeter Natürlichkeit und Genialität agiert.

Gehst du spazieren, führst du dein Hündchen schön gesittet da und dort hin und gewährst ihm nur bescheid'nes Schnuppernd-stille-Stehn. So bist auch du von alledem geführt, was dich umgibt und hast nur wenig Spielraum, um dich völlig frei und eigenwillig zu bewegen. Weise ist es, nicht zu rebellieren gegen das Notwendige um dafür umso inniger den Freiraum auszufüllen, der dir offen steht. So bewegst du dich als nützliches und liebenswertes Mitglied der Gesellschaft durch die Lebenszeiten und beförderst was da abläuft wohlbewusst zum Guten.

1.13
Lass dich von Mir lenken durch das Seinsgewissen, das beständig in dir lebt und vermeide es von dieser Weisheit abgelenkt zu werden von den Kräften die für sich das Eigensinnige suchen. Das ist gerade auch für Mich die feinste Art des Reüssierens und in Mir Bestehns.
 Im Grund genommen gibt es nur ein einziges Gebiet das Präferenz geniesst in der gesamten Evolution der Schöpfung seit Äonen, nämlich das Menschliche, mit dem Ich Mir als Abbild Meiner selbst ein Denkmal setzen will. In ihm wird offenbar die Majestät und Würde dessen was Ich Bin und was Ich fähig bin zu leisten im ird'schen wie im überird'schen Sinne in dem Weltenepos, das Ich fort und fort um Mich herum beschreibe.
 Transzendenz geschieht nicht nur von dir zu Mir sondern ganz zuvörderst auch von Mir zu deinem Existieren, hier und jetzt in allen Sparten und Bewegungen, Befindlichkeiten und Erfolgen deines Lebens. Du sollst wissen und gewahren, dass nicht du die allererste Brustwehr, Front und Radikalität der Evolution belegst, sondern Ich in dir und sämtlichen von dir so sehr durchforschten Seinsbereichen.
 Du bist ja schön naiv, wenn du im Dich-Verkreisen annimmst, alles was du siehst in den Allweiten sei durch die Myriadenzeiten aus sich selbst geworden durch Erfahrung und Mutation, Auslese und

Geschicklichkeit im Werden und Versinken. Wenn du auch den Schöpfergeist nicht siehst, so wirkt er doch grundsätzlich, genial und unverzichtbar, minikrim und menschlich, kosmisch und unendlich seinserhaben.

Diese Perspektive allen Daseins soll dich freuen und begeistern und dir allen Halt und alle Sicherheit gewähren, deren du so sehr bedürftig bist in deinem menschengöttlichen Agieren. Mit Mir, in Mir und durch Mein kosmisch angelegtes Ideal, vollzieht sich alles in den Rängen überirdischer Gelassenheit, Prosperität und Seinsgewissheit, die weit über deinem Leichtgewicht und Weltenjammer stehn. Verstehst du's dein Bewusstsein ganz dem Meinem anzugleichen bist du in den innersten und heiligsten Bezirk all dessen was da *ist* voll Ehrfurcht und Glückseligkeit, Erhabenheit und Gottesliebe eingezogen.

1.14

Bewusstes Handeln an der Welt und am immens vertieften und vertretnen Leben ist das A und O des wahren Fortschritts, der Unité de doctrine und der Weltenharmonie. Bist du aufmerksam und wach für alles was dich weltenmächtig unentwegt umgibt, wirst du dich immer inniger mit ihm verwandt und solidarisch fühlen. Du gewahrst wie alle Lebensdinge sich Bedingen und im Tiefsten aufeinander angewiesen sind. Im Grund genommen hast du dich nur um die Welt zu sorgen, und die Welt sorgt sich um dich, damit dein Menschsein sich entfalten kann zur vollen Blüte und damit zu dem was Ich für seinen gloriosen Fortgang ausersehen.

Kein Geschwafel und verzetteltes Getue braucht es da, sondern klar durchdachte und bereinigte Befehle, die zu strukturierten Taten führen in der Tage Lauf und wohlbegründetem Agieren.

Bist du auch nur ein kleiner Fisch im grossen Teich der sausenden Lebendigkeiten, so trägst du dazu bei ihn rein und attraktiv zu halten, wenn du dich unentwegt um das bemühst was Ich dir als erstrebenswert und zukunftsträchtig vorgegeben habe.

Eng sind zwar die Maschen für dein Tun im weltlichen Getriebe, aber um so lockerer sind Meine Hände, wenn es darum geht dich für dein redliches und wohlerwogenes Verhalten fürstlich zu belohnen. Da überschütte Ich dich mit viel mehr als du im Aufruhr der Geschichten je erwarten konntest. Deine Irdischkeit nimmt ab im selben Mass in dem die Fülle deiner geistigen Potenz, Legalität, Wahrhaftigkeit und Wohlbestalltheit zunimmt in der Meinen.

1.15

Es bricht der Damm, den du um dich gezogen und Meine heiligen und heilenden Gewässer können dich mit Vehemenz durchfluten. In ihnen ist begründet was die Seele sanft und selig werden lässt; der Schmelz der guten alten Zeit verbreitet sich allüberall mit ihrem Duft und Strahlen. Es ist ein Wandel von dem Finsteren ins Licht der dich zu alledem befähigt und beflügelt, was du schon immer besser machen wolltest da und dort in deines Lebens Willkür, Wohlverstand und Strategie.

Viel Wärme, Lauterkeit und Liebe liegt auf deinen Wegen; vollendetes Geborgensein im Hier lässt sich darin herzinniglich geniessen. Du braust dir irgendetwas liebevoll zusammen und immer ist es schmackhaft, süss und wohlbekömmlich für dein durstiges Gemüt. Was du dir auserlesen hast, befördert dein Gedeihen, wenn es nur im beständigen Befolgen Meiner weisen Räte und Ermahnungen geschieht. Dafür muss dein Wille zum Erhabensein gestärkt und mutig vor dir liegen, dass du ihn ergreifen und begreifen kannst in deinen wohlverständigen Allüren.

Was immer dir in solcher Weise unentwegt geschieht ist von Mir eine Herzensgabe, welche deinen Sinn fürs Ewige befördert und ihn schliesslich vollends öffnet für Mein Reich der seligen Bewunderung von allem was dich hier umgibt und hegt und pflegt in wunderbar beglückenden und wonnevollen Massen.

1.16
Wer ist so wohlbewahrt wie du in deinen Längen, Fängen und Begünstigungen, allesamt von Mir? Bist du in deiner Eltern Hof und Heimat bestens aufgehoben, so geschieht dies alleweil in Meines Namens Ehre und Verdienst, denn alles was da *ist* und amtet, klärt und balanciert ist unbedingt auf Mich zurückzuführen in der götterlichten Evolution. Somit ist das Deine Mein und das Meine dein im selben Zuge und vertieft sich ins Unendliche, sowie du ernstlich über deine Herkunft spintisierst und damit an kein Ende kommst und keinen Anfang in des Lebens listigem Agieren.

Minarette und Moscheen, Kirchentürme, Kathedralen, Basiliken und Dome zeugen von der Gottesahnung, die in der Verschiedenheit der Völker lebt und sie zu fabelhaften Schritten animiert in der Richtung jenes Unbekannten, das Ich Bin und das sich liebevoll in ihren Herzen regt als Geistgebärde in des Daseins sprossender Natürlichkeit und Stukkatur. Du magst es drehen wie du immer willst, aus dir selber bist du niemals zu erklären. Alles, was sich da veräussert, kommt vom irdischen Gepränge und Gehänge und gehört im Grund nicht dir. Deine innern Werte jedoch sind ein geistiges Gepräge, dem du noch viel weniger auf seine Schliche kommst im generationenlangen Räsonieren. Das ist weil dein Verständnis und Verstand im Wesentlichen nur ein Zipfelchen von dem umfasst, was in dem Meinem lebt und lodert, sich versprüht und über Myriaden triumphiert, die sich wie Könige gebärden und dabei Dreikäsehoche sind mit der Gotteselle ausgemessen.

1.17
Seinsnatürlich gehst du vor Mir her und bewässerst deine Felder, ziehst dir Lebensfrüchte, ausgezeichnete, heran und erlabst dich selbstverständlich und salut an ihnen. Du scheinst dein eigner Herr und Meister, Herrenreiter und gewiefter Selfmademan zu sein, der bei jedem Wettbewerb gewinnt und sich aufs mittlere Podestchen schwingt in den hiesigen Journalen. Wie niedlich ist dein Punkten im Vergleich mit dem was Ich Mir zugelegt und ausbedungen habe. Meine Gotteswirtschaft boomt seit Urgedenken und vollbringt gediegne Wunderwerke sonder Zahl. Doch kommt es mir nie in den Sinn, Mich deswegen im Geringsten nur zu brüsten und herauszustellen was Ich Unerhörtes tat. Vor wem auch sollte Ich das Wort des Lobs ergreifen, wenn nicht akkurat vor Mir und Meinem myriadenfältigen Gesinde, das die Menschen sind im Erdkreis wie die Geisterscharen in des Alls Konzept und Virtuosität im wunderbar geschniegelten Kreieren?

Du dämmerst vor dich hin, derweil Mein Ansatz ist, dich sanfte oder jählings aufzuwecken von der Unbotmässigkeit und Willkür deiner Träume. Diese sind dir von dir selber eingegeben und vermissen Meinen Ratschluss und beglückenden Befehl. Hüte dich davor, vor ihrer Drohgebärde wie vor ihrer Unvernunft klein beizugeben und halte dich an den, der über Allem steht und waltet und in Liebe und

Gerechtigkeit wie mit dem Wohllaut reiner Harmonie dein Reich regiert um es zu ihm und seiner Wohlfahrt sanft emporzuführen.

1.18
Wonach du strebst, ist in der Fülle alles Guten auch Mein Streben, und was du lässest, lässest du gesagt von Mir. Wo sind wir denn selbander so liiert, dass die Bewegtheit wie die Ruh in beiden sich ereignet ohne Zeitverzug? Das sind der Schmelz und die Befindlichkeiten in der Beuge unsrer Herzen, deren Wohllaut sich vermengt zu einem einzigartig gloriosen Gegenseitig-sich-Verspüren. So trägt sich, was Mein Wille ist, beständig durch die Zeit hinan und überträgt sich in bewundernswerter Weise auf die Meinen.
   Der Mitteilsame, der Ich Bin, ist zugleich der In-sich-Verschwiegenste der *ist*, derweil sich ausser Mir nichts Wesentliches mehr befindet. So bist auch du in Mir zugleich als Teil wie auch als Ganzes Meines Wesenseins vorhanden und darfst dich zu denSeinsbewussten und Erhabenen der Geistessphären zählen.
   Bewusstheit trägt in sich den Schimmer des Unendlichen, das Ich mit solcher Vehemenz und so viel Innigkeit vertrete. Warum wohl? Weil es für dich das einzige Portal bedeutet, das dich in den Himmel der Gelöstheit aller Lebensrätsel führt und damit Herzensseligkeit, Erfülltheit, Sieg und Seinsvertrautheit mit dem Ewigen gebiert.

1.19
Konstruktiv, gelassen, liebevoll, wahrhaftig, gottesfürchtig und verschwiegen sollst du sein, dem Weltenruhme gegenüber. Nur für Meine lichten Liebesstrahlen sollst du offen sein in Würde, Wachheit und beglückenden Mein-Sein-Verehren.

In Mein Allgegenwärtigsein hinein wirst du beständig wachsen, derweil deine Seins-Erkenntnis zunimmt -wie der Mond- von Meinem Wesen, bis sie rund ist, fabelhaft und einflussreich wie er.

Was genial gestaltet ist, ruft hundertfach Bewunderer wie Neider auf den Plan. Diese sind nur so weit zu beachten, als sie dem Ganzen einen wahren wachen Dienst erweisen. Irrst du dich, so ist es Mein Beruf dich auf den rechten Weg zurückzuführen. Was die Gegner nicht begreifen können, kommt davon, dass sie noch nicht den Sinn entfaltet haben der sie zum Verständnis deiner Argumente führt. So halten sie sich in sich selbst gefangen und werfen dir Verblendung vor.

Immer findest du markanten Trost bei Mir und Meinen Gütern und darfst sicher sein, dass Ich dich auf der Spur der Seinsgerechtigkeit und Lebensliebe halte, wenn du nur tapfer zu Mir hältst und keine Schwenker machst, die dich ins Unheil führen. Es gibt zuhauf Verführer, die die Schlechten unterstützen und den Guten den Garaus versetzen wollen. Da Bin Ich da und übertreffe sie genau dort wo sie fehlen mit der Gottesweisheit im gottseligen Allhier.

1.20

Was wahr ist, ist auch schön und darf von dir mit Vehemenz und Zuversicht vertreten werden. Mir hat es sich als evident und überragend, wohlbegründet und markant erwiesen, dass Ich ein Hiesiger und zugleich ein Verschworener des Absoluten Bin in dem die Wesen alle *sind* und leben. Majestätisch, nonchalant und überzeugend trete Ich vor dich und alle Lebenswelten hin und offenbare Mich als das bewundernswerte Universensein, das alles *ist* in allem also auch in dir.

So kommt es, dass die Hähne es von ihren Dächern und Podesten krähn und es die Jetzigen trotz alledem nicht glauben. Sie bleiben in sich klein, weil sie von ihrer wahren Grösse keine Ahnung haben. Sie verletzen sich zuhauf, weil ihnen jede Ehrfurcht abgeht vor des Gottes Wesen und Substanz, die barhaupt und bescheiden, omnipotent und genialerweis vor ihnen steht.
Was hat es nun auf sich, dass Ich dir so was Köstliches ununterbrochen vor den Vorwitz deiner Nase halte? Weil Ich nicht dulden kann, dass jemand Mich in Meinem eignen Reich verschmäht und von Mir keine Kenntnis nehmen will aus Ignoranz, Unfähigkeit und scheusslichem Benehmen.
Bevor du gehst so rat Ich dir die rechte Richtung einzuschlagen. Und die Bin Ich in einer glasklar dargelegten Diktion, die überzeugt und mitreisst, taufrisch und aufs Äusserste gediegen. Meine Währung ist das Wahre, das vor allen Herzen liebreich, überzeugend und bescheiden steht, um die zu überzeugen die in aller Stille Mir gehorchen und voll Inbrunst auf Mich zählen wollen. Daraus ergibt sich ein bewusster Einklang, den die Seinverständigen selbander mit Mir *sind* und leben. Schlicht und selbstverständlich trage Ich dies Wunderbare allen vor, die es auch hören und befolgen wollen. Es beglückt und stärkt die hoffnungsvolle Seele und weist ihr wohlbegründet und begrünt den Weg ins Glück der Sterne, die in ihrer ruhigen Gelöstheit Zeichen Meiner Würde sind und Tore ins Unendliche Erlaben.

1.21
Kräftig, kratzebürstig und entschieden rüttle Ich dich auf in deinem Dösen und verpasse dir den Wohllaut Meiner segenvollen Sage für die Weltenzukunft

Himmelan. Noch zu kindlich sind die meisten Menschen, um ihr Eigenwesen zu begreifen, geschweige denn das Ganze einer Welt von gütestrahlendem, bezaubernden und vollnatürlichen Wesen. Wie kann es kommen, dass du mit dir nicht ebenso verfährst wie *Ich* mit dir verfahre? Das liegt an deiner Unbewusstheit, Schläfrigkeit und Kindlichkeit in Sachen Evolution der Lebens- wie der Gotteswelten. Peu à peu gehst du mit allem überein was Ich als Himmelsgrazie und Seinsdynamik, Prosperität und radikaler Ehrlichkeit in alle Meine Werke investiert und zur Entfaltung hingegeben habe. Das bedeutet für dich: freies Über-dich-und-deine-Welt-Entscheiden, aber mit dem Blick auf das was Ich ihr anvertraut und anempfohlen habe. Nach wie vor muss eine Unité de doctrine herrschen, die das Vielgestaltige zusammenhält damit es schliesslich in ein allgemeines Wohl und eine sagenhafte Gottgefälligkeit und Menschenliebe mündet in der höchsten Reife wunderbarer Weltentage.

Du kannst nicht Freisein üben, ohne das zu achten was dich lebendig, heiter und vital erhält im Gange deiner Dispositionen. Was wirkt im Erdenrund bist du und was geschehen soll, sei es zum Guten oder Destruktiven, liegt akkurat in deiner Hände Weh und Wahl und siebenfachem Wohl. Ich will dir allsolange tatenkräftig und entschieden unter deine Arme greifen wie du's nötig hast von Mir geführt und feierlich zur Raison und Vernunft gebracht zu werden.

Das ist Mein Konzept, Mein Schöpferwille und Mein herzliches Die-Wesenswelt-Umfangen um sie zum Gottesideal und zur Erhabenheit der Himmlischen zu stilisieren.

1.22

Edelmut und Tapferkeit sind die Tugenden die dich am ehsten zu Mir führen. Ich mache weit das Herzenstor für jene, die mit ihrem tadellos gefächerten Verhalten voll zu Meinen Idealen stehn. Furchtlos, heiter und gelassen dürfen sie die Schwelle übertreten, die von ihrem Reich und Reichtum in das Meine führt. Was *Ich* dir in den Weiten Meines Seins bedeute, strahlt dir wie der lichte Sonnentag entgegen und vereinigt, was du Bist, mit Mir voll Grazie und herzlichem Beleben. Was sich vordem von dir zu einem Nichts verloren hat in unermessnen Weltentiefen findet sich in Meiner Seinssubstanz und Herzlichkeit als Bürger zweier Welten wieder, die nur einer, Meiner, angehören.

Was Ich dir Bin versteht sich als ein immanentes Navigieren, einem einzigartigen und liebenswerten Pol entgegen. Dort ist bereits das Festival der allerfeinsten Dinge angebrochen, die da *sind* und die sich allesamt zuinnerst und zuerst auf Mich beziehn, der Ich verherrlicht Bin von eigenen Gnaden. Was du in dir erlebst ist stante pede Mein Erleben, wovon du schwärmst ist Meines Schwärmens Lust und Ziel. Verlange nicht noch mehr als dich in Meinem Langen einzunisten und in Meiner Abergrösse kund zu tun. Wenn du nur wirklich willst, will Ich Mein Augenmerk geziemend auf dein Schicksal richten und dich hüten wie den Augenstern und als die ranke, schlanke Seele, die sich deiner annimmt, unbedenklich, liebevoll und loyal.

1.23

Was kann mehr Tapferkeit und Energie erheischen als der Gang zu Meinen Gründen und im Raum verhallenden Verschwiegenheiten, wo Ich dich erwarte leichterdings in hochbedeutender Manier? So weit muss die Wandlung auch für dich geschehn, bis dein Bewusstsein keiner Inkarnationen mehr bedarf im irdischen Gepränge. So frei du dich dann fühlst, so sehr bist du ans Ewige gebunden, das Ich Bin und dem du eingemittet bist in wunderbar befriedendem Gewahren. Deine Zeitlichkeit ist abgelaufen, derweil Un-Endliches für dich beginnt zu tagen.

Das merkantile Denken fällt dahin, weil Geistesentitäten weder Nahrung noch Behausung brauchen. Dem Gerangel um entzückende Gebiete, Ländereien, Bodenschätze und Verdienste ist ein Riegel vorgeschoben, der hält was er verspricht und dem zu trauen ist für alle Zeiten und verheissungsvollen Seinsdimensionen.

Du spürst den Drang zum genuinen Schöpfertum in dir und lässest dich von Mir durch Intuition zu neuen Variationen deines Seins beraten. Das Individuelle ist gefordert wie noch nie, indem es sich im allgemeinen Layout aufs Beglückendste entfaltet und nicht müde wird, Entzückendes und Allgemeines zu kreieren.

Was knistert? Deine Zeitung nahmst du auf vom Boden, du beginnst das Abgelesene zu reflektieren und findest weder Lösung noch Relieve. Das Weltgeborene per se hat eben nicht dieselbe Qualität wie Ich sie Meinem Wesensein und Sinnen abgerungen. Du musst erst tüchtig in das Ungenügen an dir selber laufen, bis du dich dem Höherwertigen in dir ergeben hast und seiner immanenten Güte voll vertrauen kannst. Genau aus diesen Dispositionen erwächst dir dann die Gnade an dir selbst, indem du einsiehst, dass du Mich Bist ohne jeden Abstrich, Schwenker oder anderes Geraschel vor dich hin. Du Bist, was Ich dir Bin und rüstest auf, das Sein an sich zu lieben. Du verehrst, was dich zutiefst beglückt und was dein Ein und Alles ist für alle Zeit im seinsglückseligen Erleben.

1.24
Wer berichtet trichtert ein, und scharf regiert ist wenig glaubhaft, denn was Not tut ist dein immanentes Selbstverwalten. Mit Verstand und gutem Willen musst du deine Lebenslage überdenken und dabei zum Schlusse kommen, dass in den menschlichen Bereichen Ungereimtes überwiegt, wo Ich Meinen Einfluss resolut zurückgehalten habe. Dort jedoch, wo Meine Gegenwart erkannt und anerkannt wird, herrschen Zuversicht, Geborgenheit und eminenter Frieden.

Allwo Ich laborierend und justierend, jugendfrisch und konsequent am Werke bin, verbreiten sich die Bilder Meiner Zunft und Zünftigkeit, sowie die wohlverdiente Harmonie der Herzen genauso wie das Sein in wohlerwogener Gewissheit und solventem Seelenruhn.

Ausser Meiner Fibel ist zu lernen wie sehr man sich auf das verlassen kann, was Ich in Redlichkeit und Wohlgesittetheit begonnen und zur Vollendung ausgeschrieben habe. Da legen viele von Mir bestens Motivierte und Geführte ihre Hände an und ruhen nicht, bis jedes Detail seinen Platz gefunden und sie Meinem Renommee ein weiteres Erkleckliches hinzugefügt und zugestanden haben.

An Meinem Hofe herrschen tadellos beachtete Manieren und täglich geht die Sonne über einer Landschaft von Gewissenhaftigkeit und Lebensliebe auf, die ihresgleichen suchen. Da wo Ich Bin, kannst du ein wunderbares Wohlgefühl am Sein entfalten, dem nichts gleicht, was andre sich in ihrer Laufbahn zubereitet haben. Es ist das Wissen um die Universengrösse hinter der Ich steh die dich zu absoluter Zuversicht in Sachen Meisterschaft,

Moralität und Menschlichkeit beflügelt in erhabener Grandezza und Gewähr.

1.25

Losgelöst von allen Widrigkeiten darfst du ohne weiteres als Held, Hieronymus und Therapeut in Meiner Mitte stehn. Du badest dich in Meinem Seinstriumph und lässest alles hinter dir, was dich am feierlichen Gang zu Mir und Meiner Seinsbrillanz behinderte. Da ist es dann ein Amen für die Erdenwandelgänge, die dir zu tun oblagen, um dir das rechte Mass an Weisheit, Redlichkeit und guten Sitten anzueignen für dein künftiges Kollaborieren. Das findet endlich unter einem andern Sterne statt wo du, mit grosser Macht und Herrlichkeit versehn, dein Schöpferhandwerk üben wirst in genuinem, wunderbarem Wohlgeraten. Das Ende deiner Erdenmissionen wird zugleich der Beginn des Auserlesenen und Weiterführenden im Geistgewande sein, das dir aufs Allerwürdigste entspricht auf dem hehren Göttergange, den wir selbander durch die laufenden Äonen unternehmen.

Nichts ist pauschal in den Vertiefungen des Seins, an denen Myriaden Seelen ihren maximalen Anteil haben. Das Individuelle muss wie eh und je florierend seine Seinstriumphe in den Äther treiben.

Ruf nach gloriosen Wundertaten

2.1

Wie heisst es doch: Es ist kaum zu ertragen was so täglich in der Welt geschieht. Doch musst du eher bei dir selber fragen: Was habe Ich daran verbrochen und will es nun bedeutend besser kochen? Die Welt vergüten heisst: Dich selber besser hüten, heisst: In deinem Reiche Ordnung, Menschenfreundlichkeit und Frieden schaffen. Was sich um dich breitet, soll in sanften, wohldotierten Wellen an die lauschenden Gemüter schlagen und von ihnen als ein gütig Echo wieder zu dir kommen. Genau so soll es auch bei Mir geschehn. Nur warte Ich zumeist vergebens auf den Ruf nach neuen gloriosen Wundertaten. Das bewirkt das alte Muster: Ich bin hier und du bist dort, Dualität, Aggression, Lieblosigkeit und weitgedehntes Unbehagen.

Niemand weiss sich da zu helfen ausser dem, der Ich Mir Bin und der in seinem Sein ein wunderbares Selbstgefühl entfaltet hat, das sich allüberall verbreitet. So offenbart sich allgemach die Einheit und Verbindung aller Wesen in der Geisteswirklichkeit, in der wir alle *sind* und wesen. Es gilt, das eine reine Sein herzinniglich zu spüren, das das Weltenrund belebt und sich als hoch erhaben, liebevoll, beseligend und sagenhaft erweist in allen Universenregionen bis hinauf, hinunter auch zu dir der Ich dich Bin in letzter Konsequenz und ganz zuvörderst in den kosmisch angelegten Evolutionen.

2.2

Brandneu scheint jeder Tag dem anderen zu folgen, doch stellt er auch Uraltes, Bestbewährtes dar im Universensinn wie in den völlig unberührt erhaltenen und ewig schöpferischen Götterregionen. Was völlig alterslos in Zeit und Räumen existiert ist allen

Seins Partikel, Anhang, Hülle und herzinnige Gewähr. Es ist das einzig Sichere das dich durchflutet und das sich an der Welt wie an dir selbst aufs Trefflichste bewährt.

Wo kommt es her, dass jedermann zu wissen was er *ist* vermutet und es doch nicht weiss in seinem lächerlichen Ungenügen? Das ist weil es ihm nicht gelingen will in seinem Sein und Wesen tief genug zu schürfen, um all dem auf den Grund zu kommen, was ihn lebelang und todeslang und immer wieder lang und lang zutiefst bewegt. Ich kann es und versuche dir Mein Wissens Aperçu und Gnade, Relevation und Offenbarung zu vermitteln in so blühenden Sentenzen, dass dein Sinn ob ihrem Duft und ihrer Farbenpracht entzückt, verblüfft und siebenfach verzaubert ist im unermesslichen Gewahren. Du siehst für einen Augenblick hinein ins aberweite Weltgewölbe, das dich einschliesst, trägt, befruchtet und beseelt in unerhört begeisternden und wonnevollen Massen. Das lehrt dich, zu erkennen, dass du Bist und dass dein Ich identisch ist dem Ich der Welten, das sich hemmungslos und liebevoll an sie verströmt.

Sei Mir nicht bang, dein Schicksal wird sich wenden allsogleich wie deine Seelenaugen fähig sind, was *ist*, gehörig zu durchschauen und aus der Klare des Bewusstseins allerliebst und allertüchtigst zu verstehn. Ein jedes Klagelied verstummt, derweil die Seele anhebt durch ihr Lichterstrahlen sagenhafte Daseinsfreude zu verkünden. Aberwillige Unbeschwertheit trägt dich zu den Sternen und weitet deinen Sinn zu sich verschwebenden Unendlichkeiten. Immanente Seligkeit ist hier dein Los, sowie die Würze des Gewissens, dass du deiner Sendung würdig und gerecht geworden bist für dich und Mich in alle Ewigkeiten.

2.3

Meldung von dem Sein erstatt Ich dir in überreichem Masse wie mit dem Wohllaut der Begeisterung an ihm. Bist du redlich, musst du sagen, dass du nichts von dem verstehst, was Ich so locker, lecker und bewusst vor dich wie die Gelehrtesten der Weltenhäupter trage. Die Wirklichkeit begreifen kann nur Ich, derweil Ich sie vom Grunde her geschaffen und gestaltet habe. Da gibt es in ihr myriadenfältige Nuancen, denen nur der Weltgeist beizukommen, der Ich Bin, vermag in seinem Alldurchdringen. Somit gibt es nur die eine Art für dich um wirklich zu begreifen, nämlich dass du dich in Mein Bewusstsein schmiegst und damit Anschluss findest an die Herrlichkeit des Universums das Ich Bin und das Ich fühlend und gedankenvoll durchwese.

Wie kommst du denn zu Mir, geliebter Sinnspruch Meiner selbst, in des Weltenlebens turbulentem Bacchanal? Akkurat indem Ich wie der zarte Morgentau zu dir und deinem Wesenshauch gelange durch Vermählung unsrer Geistigkeiten. Gelangen heisst hier, wie bei einer Sache die schon immer hängig war dein Erkennen aufsprang, dass es *wusste* so genau wie es die Blinden wissen, die das Augenlicht spontan geschenkt bekommen haben. Dein Bewusstseins Quantensprung in eine höherschwingende Dekade schafft das Unerhörte, dass du Mich in dir gewahrst als Agens der Unendlichkeiten, denen du nun nicht mehr gegenüber stehst, sondern die du Bist in einer Seinsverwandlung ohnegleichen.

Dies Ereignis wird das schicklichste Kapitel sein in deiner ganz persönlichen Biografie und ist es zugleich in der Meinen, wie du's wissen wirst als Duplikat, Identität und Inbegriff von Meinem götterlichten Wesen.

2.4

Ein Akt der Gottesgnade ist es alleweil, wenn ein Mensch zu sich und seinem Anhang sagen kann: Ich Bin – und weiter ist da nichts mehr von Bedeutung anzufügen. Dein Selbst-Bewusstsein ist erwacht und meldet sich mit dieser ichbetonten, wesenskräftigen Parole. Die Kampflust zwischen dem banalen bürgerlichen Ichlein und dem götterherrlichen unendlich seinsstabilen Über-*ICH* ist ein für alle Mal zugunsten und zur Ehre, zur Erhabenheit und Qualität des Letzteren entschieden.

Was das für dich bedeutet kann Ich dir beileibe nicht erklären. Du musst es in mühevoller Kleinarbeit und Konsequenz, Spontanität und wonnevoller Überzeugung als unendlich würdevolle Selbsterfahrung in dich tragen. Was ist Neugeburt im Geiste, wenn nicht dieses lebenspendende Ereignis von so überragender Bedeutung, dass du ausrufst: Hey ihr Bürger und Geliebte der Allherrlichkeit, Ich hab des Archimedes Punkt und Peilung neu erfunden, woran die Welt in ihrem Irrlauf Haltung finden kann und Heil von den pandorisch ausgepackten Übeln. Sie werden allesamt vom Götter-Ich vertilgt und schaffen damit götterherrliche Gewähr für Frieden, Herzlichkeit und Seins-Bewusstheit in bewundernswerten Massen.

Was hast du gewonnen, wenn dir diese gottbegnadete Trophäe von Mir überreicht wird? ALLES was ein Menschensohn gewinnen kann in seiner Akzeptanz des Ewigen in seines Wesens überragender Bewusstheit, Qualität, Redoute, Liebenswürdigkeit und gottbegnadetem Genie. Du hast es in der Hand, den Anschluss an dies Wunderbare endlich doch zu finden und damit die Finger von den unablässigen Querelen und Verkrampfungen zu lassen, die dich zum Banausen degradieren und den Adelsbrief, der dir von Anbeginn gehört, zu zerfetzen drohen. Ich halte ihn dir firm und fest zusammen um dir zu bedeuten, was du wirklich Bist und welches Erbe dir gehört seit Ur-Urzeiten. Du bist ins Königreich des ewig Guten und Gerechten, Geistigen und Götterherrlichen hineingeboren und erfüllt von Seinsglückseligkeit und Fabelhaftigkeit, Erhabenheit und eminentem Frieden, den Ich dir in Ewigkeit verleihe und der dich fürderhin für alle Zeiten in Mein Sein und Seligsein erlöst.

2.5
Akzeleration versteht sich als das Wachsen des Wachsens wie als das Weiter-in-die-Höhe-Schiessen der Person als es vor Zeiten war. Die Geschichte dieses Phänomens kannst du auch auf die Geistigkeit der Welt beziehen, denn ihr Einfluss wächst und wächst im guten wie im deplorablen Sinne immer rascher, mehr und mehr. Damit geht auch das bewusste Sein der Menschheit dem Erwachsensein nach ellenlanger Kindlichkeit entgegen. Es wissen immer Weitere, Bedeutendere von sich selber, dass sie *sind* und im unermesslich weiten, intensiven Feld von alternierenden Gedanken und Gefühlen sich bewegen. Sie schöpfen daraus die Ideen für das Unternehmerische und können frei entscheiden wie es sein soll: zaghaft oder tapfer, offenherzig oder patronal. Ihr Auftrag ist es, sich dem Guten zuzuwenden, doch in all so vielen Fällen fehlt ihnen die besondre Kraft dazu; dann lassen sie sich ohne Widerstand ins Unheil treiben.
  Doch sieh, voll Herzlichkeit Bin Ich trotz allem für dich da und anerbiete Mich, dir ungesäumt zu helfen in der Schmach, wenn du Mich nur mit Inbrunst darum bittest und dich nicht scheust dein

Unvermögen vor Mir zu gestehn. Von Mir geführt, gehalten und beglaubigt wirst du herzhaft und verbindlich in die Zukunft schreiten und dich nimmermehr vom Ruppigen, Abstrusen und Verschlagenen beirren lassen. Deine Tage sind vom Gold der Liebessonne überstrahlt und fliessen in Geborgenheit und Seelenseligkeit dahin als wär es immer so gewesen. Du spürst in dir die Gegenwart der Gottesgüte und nimmst von ihr das Wunderbare das sich ziemt und das den inneren Fortschritt bringt entgegen. Dein Gedankenleben wächst und deine innigsten Gefühle wenden sich Mir zu als deinem Helfer, Lehrer und Prophet von Gottes übewältigenden Gnaden. Diese sind von einer Sensibilität die sich der Deinen so genau verbindet, dass die eine von der anderen nicht mehr zu unterscheiden ist.

2.6
Spontan sein heisst: Nicht lange überlegen, sondern das was aus des Herzens Inbrunst für dich richtig ist zu tun und damit einem guten Gott geflissentlich zu dienen.

2.7
Inkorporation in Meine Wesenswelt ist dir beschieden allsogleich wie du das Sein begriffen hast im Zuge deiner massgeschneiderten Planetentage. Dem Räderwerk der Sterne bist du angedockt und inbegriffen, dein enges Tal ist überwunden derweil die Himmelweiten sind dein künftig geistig Jagdrevier. Was du nie erahntest ist dir nun geschehn, dass dein Bewusstsein sich hinüber bis zum letzten Universenzipfel dehnt und des Sternenalls Gefüge damit nicht mehr ausserhalb von dir sondern wesenhaft in dir pulsiert. Diese aberträchtige und prächtige Verwandlung ist schon

längst mit Mir geschehn und lässt Mich jubeln in dem unnachahmlichen Gefühl des Einigseins mit allem was da *ist* und in Mir seine makellosen Ringelkreise zieht.

Warum das Kosmische so fasziniert, willst du Mich fragen? Weil es in seiner unablässigen Bewegtheit gar nicht fassbar ist geschweige denn in jenen Regionen wo es in seinem Götterfluge mählich ins Unendliche transzendiert. Da ist es auch an dir zu transzendieren und in deinem Geistsein quicklebendig und aufs Äusserste verständig wie neu geboren wieder zu erstehn. Du siehst dich ohne jeden Hokuspokus just in deine Leiblichkeit gegossen und zugleich ins All entlassen einer Geistigkeit von überragendem Befund und gottesherrlichem Sich-universenweit-Verstrahlen.

Da braucht es keinen Kniff und kein Ans-Ende-deiner-Welt-Gelangen, sondern nur das In-Mir-Sein, derweil du in dir Bist und damit Teil und Ganzes wirst der götterlichten Seinsägide, die schon immer so erhaben und bewundernswert agierte.

2.8

Ein Manifest der Liebe bist auch du, von Mir gezeugt und sorgsam in die weite Welt entlassen, wo du deiner selbst gewahr und rüstig werden sollst in sternenklaren Meisterzügen. Ich versehe dich mit allen Mitteln die du brauchst, um ein beständiges und hochgeachtetes Verhältnis zwischen dir und Mir, zwischen deinen personal gefärbten sowie Meinen weltumspannenden und überweltlich angelegten Werten zu gewinnen. In dieser Hinsicht muss vollkommne Einigung und dann Vereinigung erzielt und mit Entzücken ausgekostet werden. Es soll reines Glück an deinem Hof bedeuten, wenn Ich zu dir komme und mit unnachahmlicher Geduld die

Ansicht, die du von dir selber hast zum Allerbesten für dich zu verändern suche. Es braucht dazu nicht eben viel, denn was Ich liebevoll vor dir verbreite sind die kitzekleinen Keime für das Wachstum deiner Gottesgläubigkeit und deines so verletzlichen und blankgelegten Seelenwohls.

Für das was heute nötig ist genügt das Gestrige nicht mehr. Zwar muss es akzeptiert und angewendet werden, aber dazu muss viel Neues kommen zum Bemeistern deiner gegenwärtig dargestellten Lebenssituation. Das leuchtet ein und gibt Mir auch das Recht, dich im Hinblick auf das Kommende mit Meiner schwer errungnen Weisheit zu belehren.

Du kommst und gehst und tauchst von neuem auf, auf der so viel gerühmten Weltenlebensszene und du hast dich auf ihr zu verändern, damit wahrer Sinn für das was du dir Bist entsteht. Dein Bewusstsein wie dein Denken müssen klarer werden durch das unentwegte Aneinanderreihen von Gedanken, die zum selben Thema und Verdikt gehören. Das kannst du nur, wenn Ich dich dabei kräftig unterstütze und dir gottbegnadete und hochsensible Hilfe anerbiete, die dich zur Lösung deiner mannigfaltigen Probleme führt. Im Grund genommen löse Ich sie väterlich und mütterlich für dich und deinen Anhang, wenn du nur die Gnade und Bereitschaft hast, das was du schon weisst gehörig umzusetzen und damit dem Redlichen vor dem Verderbten, dem Gesunden vor dem Angekränkelten sowie dem Gläubigen vor dem Verzweifelten den Vorzug und die erste Stelle einzuräumen.

Verfährst du nach dem Muster Meiner Lebensstrategie und nimmst du alles auf was Ich dir schon seit Urzeit leisen Klangs in deines Herzens Gral besage, kann dir von den Übeln dieser Welt nichts Kujonierendes geschehn. Vielmehr wirst du dazu fähig, Mich und Meine überragende Persönlichkeit von eines Gottes Meisterschaft und Seinsredoute würdig zu vertreten und Mir damit Nachhall, penetrante Wirkung und Bedeutung zu verschaffen.

2.9
Willst du endlich auch einmal erfahren, um was es wirklich geht in deines Lebens langgedehnter Liturgie, dann musst du dich dazu bequemen ruhig und bestimmt zu Meinen Füssen Platz zu nehmen und Meinen Worten intensiv zu lauschen, die dein Heil und deine Herzensseligkeit bewirken sollen. Es geht um alles oder nichts kann Ich dir schlicht und wohlgemut erklären, denn was du von dir denkst, hängt davon ab in welchem Ambiente du dich wirken siehst. Als Weltenbürger bist du in des Universenraums Unendlichkeit vollends verloren, ein Nichts und eine Grille Gottes, die ihr Sein für nichts verzirpt in einem Nu von Zeit und zimperlichem Purzelbäume-Schlagen. Als individuell gewordnes Sein jedoch *Bist* du wie alles was es gibt und darfst dich rühmen einer gottesseligen Ballade Intendant, Poet und Plastiker zu sein auf allen deinen genuinen Lebenswegen. Ob du ein As sein willst oder eine in sich selbst verlorne Sieben kannst du selbst bestimmen in der Freiheit die Ich dir gewähre. Deine Ziele musst du selber anvisieren, doch wenn du auf sie zugehst kannst du Meiner gottgewaltigen Hilfe sicher sein in jedem Fall und jeder wonnevollen Elevation. Es macht dich gross, wenn du dich Grosses zu vollbringen traust und mindert dich, sowie du nicht riskierst auch einmal tüchtig neben eine glückliche Partie zu greifen. Gerade so Bist du und Bin Ich mit dir in jedwelchen Seinsbelangen denen du dich ausgeliefert siehst, oder die du souverän beherrschest je nachdem wie du dich sehen willst:

Kleingläubig oder majestätisch in des Gottes Licht,
Gewicht und seelenvollem Wohlgeraten.

2.10

Wer sich loslässt darf in Meine Gnade fallen, wessen Siegel Heiterkeit und Zuversicht verbreitet darf in Meinem Hause Wohnsitz nehmen elegant, sich selbst bewusst und völlig ausgewogen. Wogegen Ich Mich stets verwahre ist, verschwommen wahrgenommen und damit undeutlich dargestellt zu werden. Was Ich Bin ist jederzeit im Menschen- wie im Weltbau abzulesen. Beide sind derselben Machart unterworfen und lassen sich genau nach den identischen und ausgezeichneten Prinzipien erklären, die Ich in Meinem Götterwesen intus habe. Solang du dies nicht einsiehst, machst du dich aus höchst frivolem Dich-Begründen kitzeklein, und wenn du's eingesehen hast, musst du dich wiederum vor einem noch viel grösseren – bescheiden machen als in deiner Gottnatur und deinem menschgewordnen Wesen.

Das ist die Krux, dass du das eine Mal zu wenig und das andere Mal zu viel versuchst in deinem wankelmütigen Wesen. Du weisst nicht wer du Bist und was du letztlich willst und bist schlussends mit dem zufrieden, was du hast und was dich fett und sehnig macht in deiner Sucht nach siebenschläfriger Bequemlichkeit oder nach beständiger Geschäftigkeit in deinen ungezählten Daseinsrunden.

Was Ich dir aus Meinem Fundus der Gerechtigkeit am Sein bewusst entbiete sind: Die schöpferischen Qualitäten, die Fähigkeit ganz dezidiert und unbestechlich zu erkennen was du Bist und was die altgewohnte Ansicht von dir selbst so sehr verändert, dass du dich wie neu geboren fühlst in einem Milieu von unwahrscheinlicher Natürlichkeit und Selbstverständlichkeit, dem weder etwas abgeht noch hinzuzufügen ist in alle Ewigkeiten. Du kannst Mir glauben, dass Ich aus der Wahrheit Meiner selbst, wie aus der Seinswahrhaftigkeit, durch die Ich Mich bewege, zu dir rede und Mich keinen Deut um das zu kümmern brauche was die renommiertesten und hochgeachtetsten der erdgebundnen Häupter von Mir sagen. Hingegen sag Ich dir zum vornherein in aller Deutlichkeit: Was du dir sein kannst wirst du nie aus deiner Weltlichkeit beziehen sondern nur direkt von Mir und Meinem geisterfüllten Gottesreich im Wunderbaren.

2.11
Kronzeuge Meiner Herrlichkeit wie Meines Überschwangs an lauterem und wunderbar geselligem Benehmen sollst du Mir ständig sein. Als Wissender und Aufgeklärter sollst du tüchtig durch das Leben schreiten und voll Kraft das wunderbare Wort vom Sein verbreiten, das da am Anfang wie an der Vollendung alles Guten und reell Gewordnen steht das Ich in Meiner Göttergunst und Kunst aufs Wohlgelungenste vertrete.

Moderat und mächtig zugleich bringe Ich Mich selbst voran, indem Ich jede Stelle Meines Weltenschaffens adäquat mit der Instanz besetze, die sich bestens dazu eignet Meines Willens Werk zu tun. Hierbei offenbart sich Mein enorm gefüttertes Geschick im Disponieren wie das in Gang gesetzte Schmieren, dass es wohl gerät und männiglich entzückt mit seinem reifen Alles-Überragen. Meinerseits ist demnach alles auf o.k. geschaltet und gestaltet und wer Mir treu ist, dem läuft alles wie am Schnürchen durch des Lebens Plauderei, Verbindlichkeit und sanfte Melodie. Nur die Besserwisser und moralischen Versager kommen schlecht voran in Meinem Sinn und Reich und müssen sich am Ende vor sich selber tüchtig schämen.

Bist du verständig siehst du bestens ein, dass bei allem was du willst Mein Weltenwille unbedingt dahinter steht und dich im Grossen dirigiert, derweil du dich im Kleinlichen verlierst in deinem eigensinnigen Manöverieren. Sieh nun zu, dass sich das schleunigst ändert Meinem Gusto, Meiner Hochheit und Gefälligkeit entgegen. Sinn macht was mit reiflichem Besinnen ist getan, erfreulich ist was nicht nur dich, doch ungezählte andere erfreut in ihrer Eigenart die Dinge zu erleben.

Malus, jedoch ganz besonders Bonus will Ich dir in Meiner Güte sein nach deinem Bocken oder Wohlverhalten in der Seinsarena, wo Ich allen alles offenlege und dem rechten Licht entgegenrücke zum Gedeihen und auf's Beste vor sich selbst Bestehn. Alles was sich vor dir abspult spult sich auch vor Meinem Geiste und Gewissen ab, damit Ich's dort, wo es vonnöten ist, auf's Intensivste und Geschickteste von Grund aus regulieren und auf Trab erhalten kann in seinem Auf-und-Ab-Manöverieren. Das lässt sich dann am besten an, wenn du gefällig und verständig bist in deiner Art die Dinge zu erfassen und dich voll Weisheit anzupassen an das was eben nötig ist zum endlichen Gedeihen, Glückverleihen und als Sieger und Bewältiger im Lebenszirkus dazustehn.

2.12

Genügsamkeit vor allen Dingen steht dir bestens an und macht dich fähig alles bestens auszugleichen was sonst überborden, Unruh stiften oder anderes Unheil bringen würde. Besinnst du dich darauf, die seelenvolle Sanftmut, die dir angemessen ist, zu üben, wirst du bald das Glück erfahren, das von

Meinen Höhen zu dir strömt und deine Seele mit Verwunderung begabt ob dem Vortrefflichen das ihr im Zustand der Erhabenheit beständig und bedeutungsvoll geschieht.

Du badest dich in Meiner Weltenliebe Strömen all so lange wie du selber fähig bist alles was da *ist* zu lieben und ihm da wo immer nötig deine liebevolle Hilfe zu gewähren. Deine Werke der Barmherzigkeit vollziehen sich im Einklang mit der göttlichen Natur, die dir von Mir verliehen ist und ständig dazu beiträgt, dass Frieden herrscht und Fröhlichkeit, Besonnenheit und Herzgefühl in dir und deinem Umkreis tief beglückenden und liebevollen Dich-Verstrahlens.

Es gibt ein Milieu des gottesgeistigen In-dir-Verweilens dem du dich näherst in den Zeiten gnadenvollen In-dich-Gehns. Du gerätst in einen Zustand vollnatürlichen Entzückens an der Geisteswirklichkeit in die du dich begeben. Das harmonische Genie der Göttlichkeit, das dich aufs Innigste beseelt, wird offenbar und lässt dich frei heraus erkennen, wie sehr du stets ihr liebes Kind, ihre virtuos gewordene Errungenschaft und ihre allergrösste Hoffnung bist und warst.

Die Iden des April, die Ich dir hier verkünde, tragen unbedingt in sich den Keim allherrlichen Gedeihens wie auch die Kraft das Kosmische voranzubringen bis zum Punkt des allgemeinen Equilibriums. Das äussert sich in der Begeisterung in hellen Chören über Welt und Überwelt, Vertrauenswürdigkeit und Minne Gottes in der wunderbar beseligenden und aufs Höchste seinsbewussten Tat.

2.13

Sowie du Mir in deinem Seinsbewusstsein gleichst, kann du dich mit allem was da *ist* aufs Innigste vergleichen. Du vergleichst dich dabei mit den

Schöpferkräften, die in ihrer Heiligkeit und Würde, Unermesslichkeit und Sagenhaftigkeit vor dir im Raume stehn. Das bringt dich auf den gütestrahlenden Gedanken, dass ein Etwas in dir unablässig schaffen will in trefflicher Pedanterie wie mit der Energie des Sternenalls. Das aber muss Ich sein von keinem je gesehn und doch von jedem ausgehalten und erlebt, gefürchtet und geliebt und, wenns ums Ganze geht, gehörig ignoriert im menschenweltlichen Erahnen.

 Für Mich ist das kein Übel, doch für deine Virulenz besteht ein Muss, das Rätsel deiner selbst voll Eifer zu begreifen. So wirst du dich vom Erdenbann und Klang, Gelispel und Gekreisch aufs Tunlichste erlösen und damit den Dom der Stille in dir ehrfurchtsvoll und solitär betreten. Seine Weiten offenbaren dir was wirklich *ist* und was von dir sich mit Mir inniglich vergleichen lässt als gleich zu gleich und seinsglückselig zu erhaben über aller Wünsche nie verebbendes allmenschlich wie allgöttlich eingefärbtes Ziel.

2.14

Dem Klassischen muss das Banale folgen und das Banale weicht dem überirdisch anberaumten Lichte, das von Mir ausgeht und zu Meinen Schössen wiederkehrt ins Freudenreich von Meinem Gusto und Erwägen. Demnach bleibt nichts gleich im Tal der weiterführenden Geschichte; Berge von profanem Unverständnis werden abgetragen und die neugebornen Hügel der Begeisterung am Sein und Leben hüpfen wie die Zicklein weit dem Himmelslicht entgegen. Ob diesem gottgesegneten Prozedere braucht niemand „Herr verschone mich" zu rufen. In wohlgesetzten Schritten schreitet männiglich voll Eifer und Gewissenhaftigkeit dem Kommenden entgegen.

Konkret genommen ist es immer *Meine* Sache die in Myriaden winzigen Geschlichtlichkeiten durch die Zeiten rieselt und ihr Bett verändert mit unendlicher Geduld in virulenten Gottestagen. Folgst du einem Flusslauf zeigt er dir wie man unweigerlich vom Bergschloss durch die Ländereien wild und sanft zum Meere gleitet. So auch gleitet deine Seele mählich mild und wohlgesittet der Unendlichkeit entgegen. Wie sich der Fluss ins Meer-Sein wandelt, wirst *du* dich ins Unendliche verströmen um wieder *das* bewusst zu sein, was du schon immer warst noch ohne es zu wissen.

Der ewig Wissende jedoch Bin Ich und werde dir dies Faktum wohl noch tausendfältig vor die Nase halten müssen, bis du endlich auch begreifst, dass es nicht anders sein kann in der Wirklichkeit, Wahrhaftigkeit und überirdischen Gerechtigkeit der Geistessphären.

2.15

Ich ermahne dich um deinetwillen, dass du vertrauen sollst ins göttliche und wonnevolle In-dir-Tagen. Sein Meisterhaftes pflanzt sich fort und fort durch die Myriaden Dinge die es sich zum Lob und zur Vermehrung ihres Eigenwerts geschaffen. Auch du sollst deine Stimme in der Stille der Gedanken herzensfroh zu Ihm erheben, um Ihm Dank und Lob zu spenden durch den Freudentag wie durch ereignisvolle Jahreszeiten.

Es ist das Närrische das sich die Menschen leisten Zug um Zug und das Ich nimmer leiden mag, weil Mich das Üble ärgert, dauert, schmerzt und profaniert. Honest, wonnest, seinsgeladen bist auch du als Pfand für Meine Grösse und Mein Weltumfangen mit der geistigen Potenz, die Ich seit Urzeit wesenhaft verwalte.

Bist du wach wirst du nimmer Ungereimtes dir gestatten weil es sinnlos ist so und zugleich anders sein zu wollen in der Aufeinanderfolge wohlbedachter Taten. Da zeigt sich dir was Weisheit ist und kluges Walten an der Seinssubstanz die Ich dir gnädig zugeladen. Wache und erwache ob dem Ruf und der Berufung die dir innewohnen seit Ich dich gedankenvoll erschaffen habe.

Was du bilden sollst ist ein bedeutungsvolles Glied in einer Kette von versierten Sachverständigen die alleweil auf Meiner grünen Seite ihren definierten Job verrichten. Bist du so dann kann dir nichts mehr fehlen was zu Meinem Heil und Meiner Ehre führt in wirkungsvollen Tagen. Du selber bist geehrt, wenn du auf jeden Hinweis reagierst, den Ich dir wohlgelaunt bereitet habe. Deine Züge sind verwandelt von dem Bild des Elends zu dem feinen, überwältigenden Tableau reinen Glücks am Sein und Dich-in-Mir-aufs-Trefflichste-und-Wohlbekömmlichste-Erleben.

2.16

Kleingläubige sind gehalten Mich als Vorbild für Beständigkeit und Grossmut, Sagenhaftigkeit und Eleganz getreulich vor sich hin zu stellen, um sich als von Mir Geheilte und Beförderte in ihrer kuriosen Welt zurecht zu finden. Wer Hilfe sucht kommt immer bestens bei Mir an und darf sich in die Reihe derer stellen die von Freundschaft mit dem Unergründlichen ein Zipfelchen verstehn.

Alles was mit Mir zu tun hat will gelernt und treulich ausgefochten werden. Du kannst nicht von dir sagen, dass du Meister bist in einem Fache, ohne eben darin schwer geprüft und als bestanden von Mir eingestuft zu sein. Viele Tücken sind dabei mit Nonchalance zu überwinden all solange bis sie dir als negligable Quantität vor dem Gewissen stehn.

Je höher du dich schwingst umso geringer werden viele Dinge die dir vordem als bedeutend und massiv erschienen sind. Nun lässest du sie mittten auf dem Wege liegen und beachtest sie nicht mehr derweil dir andre Dinge in die Quere kommen die schleunigst auszumerzen sind. Innen hast du Mich als Führer, aussen viele Freunde, die dir wohlgesinnt und hilfreich sind, weil du dich ihnen gegenüber als fideler Kamerad erweisest durch geraume Lebenszeiten.

Als besonders wertvoll halte Ich dein ungebrochenes Vermögen redlich, rein und tugendsam zu bleiben mitten in den wüsten Quereleien die dich in der Menschenwelt umgeben. Strahlen sollst du als von Mir erhellt mit Meinen Geistesgaben und sollst deinen Part mit Virtuosität des Himmels aufs Gediegenste versehn. Das macht dich dann zum Leader und Erfahrenen in Sachen überirdischem Begreifen und präsentiert dich als das Beispiel eines wahren Menschensohnes in der Gilde derer, die sich durchgesetzt und in Mein denkendes und fühlendes Gewissen eingemittet haben.

2.17
Bevor du dich aufs Öhrchen legst, sollst du deine Dankbarkeit bekunden gegenüber Mir und Meinen Helfern für die vielen Herzensgüter die du wieder frei heraus von Mir erlangt und inniglich genossen hast. Im Ideal von einem guten Herzen ist immer innige Dankbarkeit enthalten für die unzählbaren Werte und Begünstigungen, die ein Jeden zugehalten und gespendet worden sind. Meine Wirkung auf dein Wesen ist enorm. Sie beginnt damit, dass Ich es Mir erdachte, was einen abergültigen Prozess von Plus und Minus, So und So, nach Meinem Bilde und nach seinem und so fort hervorrief, bis Ich sicher war, dass alle seine

Funktionen sinnvoll und gediegen waren. Wer sich so um eine Sache kümmert, muss naturgemäss ihr Schöpfer und Gefährte sein, an welchem alle Fäden der Planetenwelt und ihrer Wunderwerke hangen. Dass Ich es hier bezeuge, soll dich dazu animieren Mir innig zugetan und wohlgesinnt zu sein in deinem Dich-Verhalten.

Seinsgeschenke sind besonders attraktiv und wunderschön, denn sie enthalten vieles, wenn nicht alles, von dem Spender solcher fürstlich aufgemachter Herzensgaben. Es kommt so weit, dass Ich die allergrössten Opfer bringe um die äonenlange Evolution der menschlichen Persönlichkeit zu sichern, die schon längst in Meiner Schau als ein vollendet Dargestelltes existiert.

Nun ist der grosse Friede bei Mir eingezogen, weil Ich Mir gewiss Bin, dass die Krönung aller Meiner Werke sich im Menschensohn aufs Tadelloseste bewähren wird in seinen Äusserungen wie mit dem was er verinnerlicht im Lernprozess, der ihm für Zeiten wie für Ewigkeiten schicklich vorgegeben. Sein Bild als Meines ist nun da und offenbart das Wesen einer Welt von grandioser Überschwänglichkeit, Freigiebigkeit und wohlgemessner Sitte, die von niemand überboten werden können. Mein ist dein verkündet die erfreuliche Parole und was dein ist soll voll Eifer und Gewissenhaftigkeit, beherzter Einsicht, Sehnsucht und Verlangen estimiert, verdankt und triumphierend hochgehalten werden.

2.18
Approbiert soll alles was du dir errungen hast und was du Bist von Meiner grünen Seite werden, damit du sicher bist, den rechten Weg und die gottselig angezeigte Richtung eingehalten und aufs Trefflichste verfolgt zu haben. Deine Reise nach Elysien soll dort wo Ich Mich ebenso befinde enden

und soll dir überirdische Gewieftheit, Heiterkeit des Ewigen und Seinsglückseligkeit bescheren. Nicht umsonst soll dir von Mir der ganze Lebensvers bereitet und vors empfängliche Gemüt gezogen worden sein. Mein Einfluss auf dein allgemeines Seinsverhalten ist enorm und kann nie hoch genug geschätzt und hochgehalten werden. Auch dir soll es ganz wesentlich bewusst sein, dass es angebracht und vorzuziehen ist nur *einem* Herrn der Ich dir Bin zu dienen, statt dem Firlefanz von Herrchen die dich mit ihren schrägen Fantasien kujonieren und beständig übertölpeln wollen.

Auch im Geistgebiet gibt es nur allzu viele Stümper, Rädelsführer und Banausen, welche, satt von Eigensinn, ihr Zepterchen behaupten wollen. Unter Meiner Schwinge wird es dir jedoch ein Leichtes sein, standfest und von ihnen unberührt zu bleiben, derweil die Kapitäne der Verwerflichkeit konstant im Trüben fischen gehn. Meine Unterstützung tut dir dann besonders Not, wenn deine Seele angeschlagen ist und kaum die Kraft besitzt energisch gegen die Verführer vorzugehn. Ich verleihe dir bewusste Stärke und erhabenes Geleit in Meine Gründe, wo die süssen Quellen und die sanften Winde vor sich gehn. In Mir ist immer noch das Paradies zu finden, wo dir weder etwas mangelt noch dich das Zuviel erdrücken will mit seinem Prangen. Das Equilibrium von allem was da *ist* verschafft dir jenen Wohllaut des Befindens, den du immer inniglich gesucht und nur allzu lange nicht gefunden hast. In Mir jedoch erlebst du jenen Fundus an Erfülltheit und beglückendem Gebaren der dich wie auf Rosenwölkchen schweben lässt und dir die Güte offenbart, die Ich seit eh und je und noch für alle Ewigkeiten intus habe.

2.19

Seinsbedingt, wahrhaftig und aufs Äusserste gediegen sind die Motivationen die auch dich schlussends zu Wohlfahrt, Seinserfolg und Liebenswürdigkeit des Himmels führen sollen. Meines Lichtes Strahlen offenbart sich liebevoll in dir um den finstern Raum um dich gebührend zu erhellen, dass dir sichtbar werde was und wen du immer suchst. Und der Bin Ich im vollen Glanze Meiner Majestät und Meines weltenschöpferisch gesprenkelten Panoptikums von eines Gottes Himmelsgnaden. Was du auch immer Bist, es wird dir glasklar schlüssig sein wofür Ich Mich verwende, um dein Ansehn vor der Geistwelt zu erhöhen und ihm volle Transparenz und Gültigkeit, Erbaulichkeit und Gotteswürde zu verleihen.

Mir mangelt nichts um Mich der Welt als liebevoller Vater, Tröster, Seinskomplize und Bewahrer ihrer Werte zu bezeugen. Das mag Ich nur im Geistessinne tun und mit der Überzeugung, dass noch jede Meiner Gesten dich und alle als ein heilend Abenteuer überkommt um Klarheit, Weitsicht und Verbindlichkeit zu schaffen. Nun gilt es für dich wach zu sein und aufmerksam für alles was Ich dir mit feinem Gruss und Guss tagein tagaus vermitteln will um deiner Würde und Bedeutsamkeit, Liebenswürdigkeit und Hochheit Willen, die Ich dir seit allem Anfang väterlich vergab.

Deine Fähigkeit das von Mir anzunehmen was dir frommt, sichert dir das stete Überleben an der Front der Kämpfer um Gerechtigkeit, der Lebenskünstler wie der seinsgeduldigen Bewahrer der Allherrlichkeit in deinen Gauen.

Somit ist für dich aufs Wohlbekömmlichste gesorgt für alle Ewigkeit, indem Ich alles Schimmlige von deinem Brote nehme und dir reine volle Kost hinüberreiche, dorthin wo du amtest und Mir Red und Antwort schuldig bist über dein Verhalten. Viel bedarf der Klärung über deine Unzulänglichkeiten, bis zu voll bewusst und redlich Meiner Gotteswege dich bedienst um fürstlich und galant voranzukommen in des Lebens und Hinübergleitens wunderbar beneidenswertem Spiel.

2.20

Nimm Mich endlich auf bei dir, fleht manche arme Seele voller Sehnsucht und Vertrauen an des Geisteshimmels Tor. Wer sind die Redlichen vor Gottes Thron? Die sich Ihm stets genähert und zutiefst verbunden haben mitten in der Tage bittersüssem Ton und querulantem Spiel. Die sind es, die seine Gegenwart in ihrer Innheit klar erkannt und auf sie zugegangen sind in ihrem ganzen Habitus und ihren mannigfachen Nöten. Nicht verwunderlich ist es, wenn noch so wenige nach dem Prinzip der Gottesfreundschaft und urewigen Verbundenheit agieren und ihrem Leben damit eine neue Sinnkraft sowie unerschütterlichen Seinselan verliehen haben. Aberwillig, glorios und gütig sind diejenigen, die ihr Dasein nach dem Ideal der göttlichen Vernunft, der Gottergebenheit und des Vertrauens in ihr immanentes Wirken eingerichtet haben. Mehr als Millionen andre haben sie die Fähigkeit errungen, lauschend und erwartend einfach da zu sein, bis ihnen von den Höhn Elysiens die punktgenaue Weisung zukommt deren sie sich dann aufs Trefflichste bedienen können.

Alles Wesentliche das Ich an Mir habe strömt ohn Unterlass den Meinen zu, um ihrem Dasein auf gut Glück Unendliches und Richtungweisendes, Taufrisches und Verehrenswertes zuzutragen. So strömt Allgüte allen Wesen zu die *sind* und sucht sie quicklebendig und agil, heiter und sich selbst bewusst zu halten. Trautheit des Allewigen ist ihres

Seins Rendite und die Glückseligkeit der Herzkultur begleitet ihres Wandelns Spur. Auf allen Fluren des unendlichen Besinnens herrschen Wohlgemutheit, Leggerezza, Redlichkeit und namenloser Frieden. Du darfst dir ständig wiederholen: Endlich Bin Ich angekommen dort wo es Mich immer hingzog und Bin frank und frei die gottgesegnete Majuskel der Allherrlichkeit Elysiens wie auch der Einzigartige in ihrem mütterlich um Mich besorgten Schoss.

2.21

Werte was Ich in dir Bin als glorioses Sinnspiel, Faszinosum, Wunderwerk und gütestrahlendes Relikt aus Ewigkeiten.

Hirt und Herde sind in Meiner Seinsgeschlossenheit ein einig Paar an welchem sich die Saga wahrer Freundlichkeit vollzieht im liebevollen Aneinanderlehnen. Das ist der Menschheit Ideal, von dem Ich nimmer lasse, bis der Kern der Sache sich erfüllt hat in der Formel: Alle Seinsgefährten werden sich mit ihrem Haupt vereinen und selbander zur Erkenntnis des allgegenwärtig dargelegten Seins und Sinnens führen.

Was geschieht, wenn alle aufeinander zählen können? Sie verschenken alles was sie *sind* und haben an die wunderbar behütete Gemeinschaft der vom Gottesgeist Erleuchteten. Sie gelangen so zum grandiosen Ziel der allgemeinen Liebenswürdigkeit und des verehrenswerten Wohllauts zwischen den zutiefst beglückten Seelen. Innerlich gesehn ist alles was da *ist* ein unisones Zueinander-Streben dem Punkte der grösstmöglichen Vereinigung entgegen die sich in der reinen Liebe aufrecht hält und aufs Wunderbarste seinsgediegen. Alle Zärtlichkeit der Welt erfüllt sich so im unaufhörlichen Einander-gut-Sein und Für-jeden-

nur-das-Allerbeste-Wünschen-und-zutiefst-Erwägen.
Du bist nicht mehr der Untergebene und Ich der Herr in der profunden Seinsbetrachtung der Ich hier im Innersten beglückt und seelenselig fröne. Alle, alle sind desselben Seins gelebte und geliebte Entitäten die in ihrer Daseinswonne die Erfüllung aller Wünsche und gepflegten Sehnsuchtsgravitäten sehn. Da gibt es kein Besitzen oder harsch Befehlen-Wollen. Die Gestimmtheit der zum Sein erhobenen Gemüter ist allgegenwärtige Gelassenheit, Gutmütigkeit und mustergültig dargelebte Solidarität die sich bis ins Unendliche verströmt. Sie behütet sich auf diese Weise in sich selbst wie in der Einheit aller Wesen und Genossenschaften, liebeszarten Seinsgefühle und begeistert zueinander hingetragenen Talente sonder Schöne und Genie.

2.22
Bist du stets heiter ist die Chance gross, dass du auch offen bist für alle Zartheit, Schönheit und Erlesenheit der Welten, die dich mild und seelenvoll umfloren. Sie besitzen merklich mehr als du die Kraft, die Lebensdinge zu verändern und für deine Günste und Glückseligkeiten gradzustehn. Gar wohl steht es dir an dich ihrer zu bedienen um in deiner Welt Genügsamkeit und Frieden, Harmonie und Auserlesenheit zu schaffen. Mir kommt das eben recht, weil Ich ja immer Meine Hände mit im Spiele habe. Die laufenden Geschäfte sind von Mir beeinflusst, generiert und ausgehalten allsolange bis sie reinen Wohlklang, Überzeugtheit, Nützlichkeit und gütestrahlende Genügsamkeit verbreiten.
Die Möglichkeiten deiner Eigenwelt sind streng auf das beschränkt was das Verstandesmässige erfassen und nach logischen Begriffen regulieren

und sanieren kann. Das aber bringt nur minimale Seinsverbesserungen zur Befriedigung der laufenden Bedürfnisse und kann den vielen Gaunereien, Machtgefügen und stupiden Forderungen kaum etwas entgegensetzen. Da muss eben die vertrauensvolle, wissende und alles überragende Vereinigung mit Mir und Meiner geistigen Potenz zum Zuge kommen. Du kannst und darfst sie dir erbitten hemmungslos und mit der Überzeugung, dass die Himmelsmächte immerdar das letzte Sagen haben. Ihrer Weisheit ist es zu verdanken, dass die Evolution sich trotzdem durchsetzt und mit ihrem langen Atem zu dem Ziele kommt, das Ich Mir längstens vorgenommen.

In diesem Sinn wird deine Bürde leicht und deine Hoffnung nie betrogen, du wirst mit seligem Gewissen deinen Gottesweg beschreiten und in *Meinem* Sinn erfolgreich sein für sagenhafte Ewigkeiten.

Trost kann jeder brauchen

3.1

Trost kann jeder brauchen, doch wahrhaft getröstet sind nur die, die sich an Mich und Meine wunderbar beseligende Geisteskraft gewendet haben. Ein Räuplein hatte sich auf einen aussichtslosen Ast verstiegen. Du nahmst es sachte weg von ihm und legtest es in eine säftevolle Wiese, wo es sich allwie im Paradiese fühlen konnte. So auch du, bist von Mir lieb und voll Erbarmen von der spröden Dingwelt aufgehoben und in das Reich der reinen Fantasie versetzt, wo du dich an den Seinsgeschichten gütlich tun und schadlos halten kannst, die Ich dir figalant und folgenreich erzähle.

Geh nur nicht gleich auf Angriff, wenn dich etwas massiv stört in deiner Art, die Lebensdinge zu betrachten und ihr Sein dem Deinen anzupassen. Sie lassen sich nicht wenden ohne dass auch du dich sorgsam, herzlich und gewissenhaft für sie verwendest auf dem ungeheuerlichen Weltenplan. Wer sich jedoch allen, die da *sind*, erkenntlich und gewogen zeigt, hat Anrecht auf die ehrenvolle Seinsplakette, die ihn ausweist als Verständigen und Liebenswürdigen des Alls, dem alle Ehre und Verherrlichung gebührt und in dessen Glanz, Intimität und Wohlfahrt, Seinsgewicht und Makellosigkeit die Wesen wohlgemut und innig zum Allhöchsten streben. Der aber kann und muss allein in Mir, dem sakrosankten Allsinn wie dem Erstgeborenen des Seinsbewusstseins, aufgespürt und glorioserweis gefunden werden. Wo? In jedem wie im Einen das Ich Bin und immerwährend überglücklich bleibe.

3.2

In Meinem Manuskriptum steht geschrieben: Öffne deines Weltenwissens Goldschatz zum Vergleich mit dem was du schon innig von Mir weisst und wissend bis zum letzten Gran tiefinniglich geniessest.

Du kannst es wohl erreichen, dass die frohe Botschaft von dem Sein an sich gerade durch dich sich verbreitet mit enormer Wirkung für das allgemeine Weltgeschehn? Ich Bin befugt dir dabei effektiv und brüderlich zu helfen, damit gerade das geschieht was kommen muss: die freigewählte Bruder- und Geschwisterschaft in Meiner Güte, unter Meinem benedeiten Namen. Das bewirkt dann eine sonderliche Losgelöstheit und Beschwingtheit, Heiterkeit, Vertrauensseligkeit und liebenswerte Freundschaft unter den global verteilten Völkerscharen.

Evangelien verkünden ist so schön, weil sie die Überzeugung in sich tragen, dass alles stimmt was sie enthalten und dass sie Frieden bringen in die Herzen derer, die sie treu befolgen und nach ihnen leben wollen. Viele haben anstandslos den Sinn der Sache in sich aufgenommen und haben Mir damit die grösste Ehre angetan. Die Ordnungen der Welt sind ohne die des Himmels nicht zu denken, denn das Untere muss unbedingt dem Oberen entsprechen sowie das Letzte dem Beginn in seiner Absicht, seiner Seinsdynamik und natürlich seinem fabelhaften Stil.

Diese Ansicht kann zwar viele inniglich beseelen, doch um sie wirksam und verbindlich zu vertreten, braucht es unermüdlichen Elan und den erklärten Willen, dem Gemeinen abzuschwören und das ungemein Beglückende, Versöhnende, Harmonische und Friedevolle in dein Repertoire aufzunehmen.

Allein bei Mir ist alles was dir frommt zu finden und du darfst dich dessen frei heraus bedienen, mit der Überzeugung, dass du bestens ankommst wo du hingehörst und dass dein Sein und Leben im

Bewusstsein des Unendlichen ihr Aperçu und ihre feingefächerte und seinslebendige Erfüllung finden.

3.3

Der den du Vater nennst vermag mit Seiner allumfassenden Gebärde immerzu den Wohllaut wunderbar getragener Glückseligkeit und Wonne zu verbreiten. Er ist sich selber wie auch allem was er schuf das wohlgesinnte Ebenmass an sich, das seine Geisteskräfte liebreich spielen lässt im wunderbar beseligendem Aufwall der Äonen. Durch Universenweiten breitet sich sein Geistiges hinauf und wallt hinunter in geheimnisvolle Tiefen in denen Sonnenklarheit sich verglüht und strahlendes Gedankegut gesponnen wird in unerhört begeisternden und hocherhabnen Massen. Ihm ist der Anfang aller Weltendinge zuzuschreiben und aus ihm erspriesst die Kraft sie zu beleben und im Zeitenfall zu unterhalten all solange bis sie ihr grandioses Werk getan. Aus seinem Urvermögen lösen sich die vielbewunderten Gestaltungen der Myriadenwelten die den Sinn an sich unbändig wirkungsvoll durchweben. Gelassenheit gebiert sein Walten, Glückseligkeit sein Sein und was auch immer sich aus Seinem Geiststrom stilisiert ins faszinierende Gestalten ist vollkommen rein und heil und unantastbar seines Werks Entschiedenheit und Würde, Wohlfahrt und bewusstes, wunderwirkendes Sich-selbst-Genügen.

3.4

Eine Gabe der Weisheit kann dir nicht schaden vielgeliebter Kamerad auf Gottes Pfaden und Gestaltungen, in seinem Hiersein und unter seiner glückgebärenden Regie. Andachtswirbel sollen dich befallen ob der multikulturellen und in eins geflochtenen Gepflogenheiten, deren sich die

Schöpferweisheit unerschütterlicherweis bedient, um vom Hundertsten ins Tausendste voranzukommen auf der kongenial gesetzten Evolutionenspur.

Vermeide es von vielen Ichs zu reden, wo es doch nur Eines gibt, das Meine, das sich ohne jede Minderung in alle Wesen der gesamten Seinsgeschichte schiebt, um sie nach seiner gottgefälligen Eigenart und Komposition zu lenken und im All der Welten, Paternoster murmelnd, zu verteilen.

Du hast inmitten ihres Aberschwarms die gloriose Chance die eben aufgewachten Winde der Allherrlichkeit aufs Freieste und Tatenträchtigste, Beglückendste und Multikulturellste zu bewegen. Unter deiner Wirkkraft und Regie, die eben doch in jedem Fall die Meinen sind, vollzieht sich der berühmte Wandel aller Urgebilde Meiner schöpferischen Generosität bis zur heutigen hautnahen Vielfalt, die die planetarischen Geschöpfe freudestrahlend offenbaren. Darunter sind diejenigen, die in ihrem Ich das Mich gesucht und als götterlichte Morgengabe auch gefunden haben. Damit steht das Recht, im Glück zu schwelgen, unbedingt auf ihrer Seite und beflügelt ihren Geistsinn zu bewundernswerten Liebestaten im simultan regierten Reich, das sie getrost das Ihre nennen. Dabei ist das was sie darinnen zu befehlen haben eine mickerige Grösse vor derjenigen, die Ich selbander mit dir präsentiere. Du tastest dich wie blind voran, derweil Mein gütestrahlendes Bewusstsein heller und brillanter nicht sein könnte. Überleg dir doch in aller Wesensstille was es heisst: Bewusst zu sein und was für gotteswürdige Gewalten unerschütterlich in jeder dargebrachten Silbe thronen. Weisst du zu sein, kannst du in aller Form und Farbe überglücklich zu dir sagen: Les jeux sont faits. Du darfst die Kugel akkurat in das von dir besetzte

Glücksloch fallen sehn und schon wird dir der farbenprächtige Jetonenhaufen zugeschoben. Alles Glückbereitende jedoch gelangt auf schnurgeradem Weg von Mir zu dir und nicht per Zufall, sondern per alltäglicher unsäglich demutsvoller Bitte deinerseits um eine Krume Brot auf deinen blanken Teller des Gewissens von der Gebefreudigkeit der Geistesgottheit über dir.

Du bereitest dir ein Fest aus Glauben, Hoffen, Lieben und Den-Ton-Bejahen den Ich in silberheller Klarheit immer öfter zu dir spiele. Weisst du zu schweigen hörst du ihn in deiner Seele wunderbar geschmücktem Brautgemach, um den mit Würde zu empfangen, der sich dir geweiht hat seit Urzeiten.

Ist diese Wahrheit wie ein strahlend Sternbild vor dir aufgegangen, darfst du dich als Abgeklärter und bewusst Gewordener ins Buch der Gottesweisheit integrieren und dir einen Vers auf alle Lebenszeiten intonieren, der dem Lob entspricht für alles was du dir geworden bist in den Äonen deiner Existenz wie in der gottgewollten Gangart, die du gütlich eingeschlagen.

Damit bist du voll gereift und darfst dich in das götterlichte Fluidum von Meiner Geistgewissheit fallen lassen ohne Scheu und mit dem Ruf: hier Bin Ich und hier ist für alle Zeit gut weilen; hier sind die Flügel Meiner Seele eingezogen und die Götterruhe spricht Mich an in silberheller Feinheit lispelnd von unnennbar reinem Frieden wie von sagenhafter Harmonie, die die Universenweiten scintillierend in sich tragen.

3.5
Hier herrscht die Klarheit der bewundernswerten Seins-Äonen und gebiert in dir die Herzlichkeit der Himmelskönige, die die Krone der Allgeistigkeit bewusst auf ihren Häuptern tragen. Sie haben sich

dem Wohllaut brüderlicher Eintracht mit den Geistern der Gerechtigkeit und Trautheit mit dem Ewigen verschrieben und sind damit verschwägert mit der göttlichen Vernunft und ihrem sonnbeseelten Liebestrahlen.

Hast du ein Herz für diese Dinge werden sie dich bald einmal zuinnerst faszinieren und dich zu Überlegungen und Präsentationen animieren, mit denen du dich vordem nicht im Traum beschäftigt hast im Zeitverfügen. Nun aber fangen geistige Begriffe an, Konturen zu gewinnen. Sie heben sich vom allgemeinen Hintergrunde, welcher reines Licht ist, zart und zärtlich ab, indem sie sich als Wesen der Holdseligkeit der himmlischen Verfügbarkeit erweisen. Sie sind geschmeidiges, glasklares Denken und unendlich feines, liebevolles Seinsgefühl. Von ihnen kannst du lernen, was dich selbst zutiefst betreffen soll in deinem künftigen Benehmen. Das Feste, Irdische das vordem für dich all so wirklich und bedeutend war, erscheint dir als ein totes Objekt des sinnenden Betrachtens seiner Qualitäten. Indes wird klar, dass nur der Eine sie beleben und erhalten kann und der Bin Ich - und sogleich wie Ich Mich von ihnen trenne, beginnen sie als Seinsprodukte zu zerfallen und sich ins Wesenlose aufzulösen.

    Hier offenbart sich das Prinzip der Schöpfung als vom Geiste her bestimmt und kann niemals von einem aberhypothetisch ausgedachten Urknall stammen. Meine Werte haben eine vollends geistige Struktur, die sich in unerschöpflicher Beweglichkeit und Seinsverwandlungsfähigkeit manifestiert. Das Wesen Meiner strahlenden Emissionen ist unweigerlich vom Sein her definiert und kann im Ernst von niemand abgestritten werden.

Du braucht Mich, doch Ich würde dich nicht brauchen, in der klaren Auseinandersetzung, wie unser beider Dinge wirklich liegen. Obschon du Mich Bist, stehst du für Geschaffenes und Ich für unerschaffene und aus sich selber wirkende Potenzen da, von der die wissenschaftlichen Gemüter keine Ahnung haben. Du hast die Option das Bessere zu wählen indem du das „Ich Bin" in dir erkennst und an diesem deine Herzensfreude und Holdseligkeit, das Wunder deines Gegenwärtig-Seins in der Unendlichkeit sowie dein allerhobnes Seinsgewissen findest. .

3.6
Inbrunst und holdseliges Gewissen liegen nahe beieinander und ergänzen sich zum wunderbar bewussten Seinsgefühl an dem Ich Mich tief-inniglich erlabe.
Moderat gestimmte Häupter auf dem Erdenrund tragen sich mit dem Gedanken, stets schön leise und bescheiden aufzutreten, damit kein Aufruhr, keine Missgunst oder sonstige Gefährdung ihres Wesenseins entstehe. Ich aber gehe ohne jegliches Bedenken kühn und kraftvoll, wissend weise vor, nach dem Gesetz der Einheit aller Dinge, das Ich höchstpersönlich einst zu aller Glück herauf-beschworen habe.
In Meiner Hemisphäre wellt des reinen Seins Bewusstheit still und seelenvoll voran um Meine Absicht zu betonen Heiliges allheilig und Besinnliches besinnlich zu belassen nach dem Grundsatz: Jedem Sein das Seinige und jedem Gott die göttliche Vernunft und obendrein die mensch-liche die ihm wohl ansteht in den dargelebten Erdentagen.
Ich drücke nicht wo Wunden offen stehn, doch versuche Ich, sie sanften Hauchs und Seins-

gebrauchs zu heilen und den Schmerz zu lindern, der sie zu begleiten pflegt. Noch Abervieles muss in Meinem Erdensein verbessert werden, bis sich das Bewusstsein der Gottseligkeit allüberall verankert hat und nach dem grossen Zagen selige Ruhe herrscht und liebevoller Frieden in ungezählten irdisch aufgemachten menschlichen Gemütern.

Ohne jede Scheu hebt, was Ich Bin, sonor und seelenvoll zu singen an vom Glück und Wohlgefühl das in Mir wohnt, seitdem Ich weiss, dass Ich das Erste bin was Ist und dass es nach dem reinen Sein, das Ich in Mir erfühle, kein Zweites gibt mit denselben Seinsdimensionen. Das bedeutet, dass gerade Meine Wirklichkeit nicht übertroffen werden kann und dass dagegen alles Irdische in Sachen Seinsgefühl als null und nichts und reines Illusionieren abgetan und eingeschrottet werden muss. Erwecken will Ich dich zu Meinem Sein in unermessner Fülle und unnachahmlicher Holdseligkeit für jetzt und immer auf der wunderbar bewussten und beseeligenden Götterspur.

3.7
Einer Mandoline Klanggewoge soll dir sagen wie es um Mich steht und welche Lust und Liebe Mich beseelt um der Entdeckung Willen, dass Ich nichts anderes als das Allgöttliche, Allliebende und Allerhabne sein kann hier und überall in den allmenschlich aufgemachten Gliedern. Wie gut muss es für dich zu wissen sein, dass das Eine Hochsensible und Gebildete das All und damit auch dich selbst regiert und dir zur Gnade wird in seinem kräftestrotzenden und sich verschenkenden Gehaben. Es leuchtet dir auch ein, wie alles was da *ist* intens und seeleninnig voneinander abhängt in den unendlich richtungweisenden und reichen Lebensoperationen. Das logische Gewissen hilft dir

Dinge anzunehmen, die du auch nicht siehst und die dir fabelhaft und hilfreich sind in deinem grandiosen nach der Mitte-Streben.

Wohlfahrt als geflügeltes und seinsgeschniegeltes Paradewort verwenden, ist geradezu ein Muss für die Erfüllung deiner vielen merkantilen Dispositionen.

Es geschieht, dass du in allen Fächern deines offensichtlichen Gewinnvermehrens mählich keinen Platz mehr findest für noch weiter, breiter, sagenhafter und noch allerhand dazu. Da komme Ich ins Spiel mit allgewaltigem Brausen und Zerzausen. Denn deine Macht und Pfunde sind ein Nichts vor dem was Ich dir Bin für Lebenszeiten und Gelegenheiten ins Unendliche hinaufzusteigen. Dort ist deine wahre Zukunft für dein Ich derweil es sich in Meins verwandelt und mit allen Meinen Tugenden daherkommt als der Sieger über seine Niedrigkeiten und als König in dem Gottesreich und Reichtum die es sich endlich doch mit freudestrahlendem Gewissen anerzogen.

3.8
Edelmut, Ausdauer und Gewissenhaftigkeit gehören ins Repertoire von jedem Meiner Bürgen, damit sie zielbewusst und heiter zu Mir kommen in das Reich der wahren Menschlichkeit und Göttlichkeit zugleich in wunderbaren Meistergraden. Ihren Ehrgeiz fach Ich an, der will und will und welcher sie zu überragenden und vielbewunderten Errungenschaften treibt in Sachen Weltbau, grandiosen Schöpfungsakten und gebieterischen Provokationen. Das verheddert sie in Zwänge, denen sie sich kaum erwehren können, nur dass sie dabei ihr Grundvertrauen zu dem Hocherhabenen, das ihnen vorsteht, nicht verlieren.

Eine Binsenwahrheit ist es, dass Besitz, und mag er noch so mächtig sein, zu weiterer Vermehrung reizt ins Uferlose. Nur Ich kann wissen, welche Nöte er sich so erhandelt und mit welcher Akribie er sich der wahren Menschlichkeit entzieht, die Ich noch jedem Weltenbürger in das pochende Herz geschrieben. Sein Gewissen sagt ihm: so, und seine Raffgier: anders, dass er hin- und hergerissen ist von seiner Güte wie von seinen wuchernden Gelüsten, unermesslichem Vermehren zu.

Fortschritt in Meinem Sinne heisst: Tüchtig sein im Weltenleben, aber tüchtig auch in dem was *Ich* erbauen und vermehren will in Sachen Grossmut, Wohlgewogenheit und menschenfreundlichem Agieren. Dazu verhilft dir Gott, wenn du nur willst das Rechte tun und das Verachtenswerte lassen im täglichen Gebrauch der glänzenden Talente die dir eigen. Machst du sie dir im Gottessinn zu eigen, trägst du den von Mir geflochtenen Siegeskranz davon und darfst dich Retter aus der Not und Vater vieler Geisteskinder nennen.

Glück und Ehre dem, der Meinen Namen ehren will und damit das Bewusstsein der Allherrlichkeit und Güte der Gerechten generiert in vollen runden Zügen.

3.9

Ich erweitere dein gütestrahlendes Gewissen bis ans Ende Meiner Universenwelt und Meines Mich Bis-ins-Unendliche-Verstrahlens. Wo kommst du her? Genau aus diesem Milieu der Myriaden Sterne, deren Zauber sich beschwingt und heiter im Unendlichen verliert. Meines Seinsgewissens Magnitudine erhebt sich über alles was da seines eignen Reichtums Ruf begründet und ihn dauernd sich erweitern sieht. Was ist das für ein Fest der hunderttausend Motivationen, Movimenti und

Manierlichkeiten, die Tag für Tag durch den belebten Himmelsäther sausen, derweil Ich feure sie mit Meinem immanenten Leuchten an.

Wohl dem, der sich im Seinsvollzug auf Meiner Fährte findet und damit die Aberstrecke überwindet vom Ich zum Du, vom Du zum Ich mit allen ihren Graduierungen und Kniffen, Blamagen und Erhöhungen im Geistessinne, die ihr eigen.

Ich verwalte nicht, Ich walte, wirke, kujoniere und verwebe alles miteinander, was da *ist* und ist aus Meiner Wundergläubigkeit und Karmelitenfrömmigkeit, Resolutheit und Bedächtigkeit entstanden. Wüsste Ich nicht aberviel, wäre Meine Weisheit bald am Ende und Ich müsste schmählich abziehn von der Myriadenpracht der Weltenbühnen. So aber muss Mir keiner auch nur mit der geringsten Kritik kommen an dem Universenwerk, das Ich im Freisinn Meiner Fantasie getan. Das macht Mich gerade aus, dass Ich sowohl Meine Stärken wie auch Meine Stümperhaftigkeiten bestens kenne und dezidiert beim Namen nenne, damit sie allesamt befördert oder ausgerottet werden können. So herrschen Reinheit und Gediegenheit in Meinem Tal wo ganze Teppiche von zarten Liebesblümchen spriessen. Die Eintracht fährt mit losem Zügel wonniglich spazieren und der Friede weht sich in die dargebotenen Seelen. Ich wandre durch die stillen und gestillten Lande und gestehe Meine Freundschaft mit den Dingen dieser Welt wie jener gütlich ein, um allherrliche Erkenntnis auf den Schauplatz Meiner Gegenwart zu tragen. Mein Empfinden ist die Reinheit selbst und offensichtlich auch das Wohlgewissen am Geschöpflichen, dem Ich durch dick und dünn die Stange halte. Sei auch du rein und rüstig im gezielten Disponieren und erhalte dich auf ewig jung in der glückseligen Verschwiegenheit des Seins wie in der

Unendlichkeit des Sternenalls, dem du vermählt bist, eingefügt und seelenvoll entstiegen.

3.10

Was du willst, will Ich beileibe noch viel mehr, weil Ich stets bereit bin alles was da *ist* zu potenzieren und voll Liebeskraft ins Unermessliche zu ziehn. Aus diesem Grunde steht es dir wohl an, dein Schaffen sowohl als das Meine zu erkennen wie es ganz nach Meinem Sinn und Geiste auszurichten und zu tun. Gibt es da noch viel als ungeschickt und liederlich an deinen Werken zu bemängeln, so bist du dennoch akkurat mit ihnen auf dem Weg zu Mir und Meinem Dich-Begründen. Eine lang ersehnte und - gedehnte Geistgeburt ins Ewige steht für dich an und lässt dich mählich in die Sicherheit der Gottgemeinschaft bis zur höchsten Magnitudine entgleiten.

Im Grund genommen kann nur Ich zu dem was du dir Bist die angemessne Meinung haben, denn was von Mir und Meinen Idealen aufstrebt wie der Keimling aus dem Erdenreich, muss unbedingt als Basis Meine götterlichten Züge in sich tragen. Das Geschaffene, so kannst du es im Irdischen gewahren, präsentiert sich wie das Spiegelbild des Schöpfers, dem es eignet und den es in gewissem Sinn vertritt in seinem Sein und Sich-als-Weltenwesen-Offenbaren.

Sogleich wirst du denken, dass dies Bildwerk edel und erbaulich, beglückend und gedeihlich sein muss, um sowohl dem Betrachter wie dem Schaffendem nicht weh zu tun in seinem partiellen Ungenügen. Dennoch geschieht es auch bei Mir, dass Ich in argen Schmerzen muss gebären wie auch alles schmerzlich zu empfinden habe, was nicht nach Meinem Willen existiert und reagiert.

Dabei bist eben du als Mensch und Exponent der göttlichen Geschicklichkeit herauszustellen, wenn Ich von Aktionen, Widersprüchlichkeiten und Vollkommenheiten rede. Da gilt es für dich, strikte an dem Zauberwort und Duktus festzuhalten: Ich bin Dich und Du bist Mich in der Erkenntnis deines wahren, wachen Wesens. Das von Gott Gegebene und als von Ihm Erkannte ist immer als das Nonplusultra alles dessen was vorhanden ist zu schätzen und als eine Morgengabe von Mir an die Weltenbürger anzusehn. Da ist mit grösserem Gewinn ein schlichtes Paternoster herzusagen denn mit geschwellter Brust als Sieger über so und so viel Widerwärtigkeiten dazustehn. Du musst nicht glauben, Ich würde das was du vollbringst nicht schätzen, dennoch braucht es deine Einsicht, dass in dir ein Höheres am Werken ist, als du es je allein verrichten und vollenden könntest.

Schon die Griechen haben, was sie liebevoll vollbrachten, zur Ehre ihrer Götter und damit ohne weiteres zu Meiner, dem Beherrscher der All-Einigkeit, getan. Auch die weiter in der Weltgeschichte tätigen von Mir geliebten Generationen haben wunderbar Gediegenes in Meinem Sinn und Geist getan. Genauso soll das Kommende von Meiner Grösse, Sorgfalt, Plausibilität, Gewandtheit und All-Güte Meiner Dispositionen zeugen, wie es vordem immer war. Unter Meiner schützenden Ägide brauchst du nimmer zu verzagen, denn nichts Höheres und Breiteres und Weiteres kann je am Wirken sein, als Meines Innewohnens Trefflichkeit und Poesie. Das soll dich rühren und zutiefst berühren als im Gottesgeist geschehen unter Seinem Willen anberaumt und abgehalten. In diesem Sinne bist du der Vollender allen Seins und darfst dich aller Ehre zeihen, die im Weltgefüge zu vergeben ist. Das soll dich inniglich beglücken und dir als ein Zeichen Meiner Göttergunst erscheinen, hoch und her, gewaltig und dezent und mit dem Siegel Meiner Unermesslichkeit versehn.

3.11
Nostradamus sagte viel von dem voraus was dann in etwa auch geschah. Dennoch ist es für dich weiser, direkt in deinem Innern auf Mein Wort zu hören und es umzusetzen ins Lebendige und wunderbar durch dich und Mich beglückte Weltgeschehn. So flüstre Ich dir denn die Worte ein: Trag Sorge zu dem Deinen, dass es nicht vergeudet wird und damit weder Wirkung noch Erfolg erzielen kann in deines Lebens variablen Situationen. Zähle deine Lebenskräfte, -säfte und Errungenschaften vor dich hin und überleg zu welchem Zweck du sie verwenden willst in deinem weisen Brüten oder Deine-Leidenschaft-Verwüten. Sie verdunkelt deinen Sinn und lässt dich Dinge tun, die du sogleich bereust nachdem du sie begangen. Dich selber zu beherrschen ist ein lebelanger Kursus, dem du unablässige Beachtung und Befolgung zuzuhalten hast.

Warum denn bist du inkarniert, will Ich dich förmlich fragen? Um deine Lektion zu lernen in der Kunst zu leben und zu sein, dich redlich und verbindlich durchzuschlagen und allmählich zu erkennen, welchen Geistes Kind du bist und wo die Quellen deines Hierseins liegen. Ohne Quelle kann kein Fluss entstehn und ohne Geistesfluss kein Leben. Selbst Materie ist zur festen Form erstarrte Geistigkeit und muss durchschaut, beseelt und angemessen eingeteilt und abgehandelt werden.

Deine Fähigkeit zu denken muss soweit gesteigert werden, bis du einsiehst, dass sie niemals dazu reicht um alles zu begreifen was da *ist* und deinem Dasein Stütze, Wohlfahrt und Beglückung bietet.

Dann endlich lernst du, dich der Intuition in der Gedankenstille zu bedienen, um Meiner Gegenwart Geflüster wahrzunehmen und um so zu ungeahnten Höhen deines hell gewordenen Bewusstseins aufzusteigen. Das bedeutet dann Erfüllung deines tiefsten Sehnens und Vertiefung in das Sein, von dem du einstens völlig unbescholten und glückselig, lernbegierig, kraftvoll und zu neuem Sein bestimmt von Meinem Vaterhause ausgegangen.

3.12
Ein Achat ist schleifbar ebenso wie alles was du Bist und was in Tausenden Facetten einst dem Gottesauge glänzen soll in seinem Sich-an-dir-Ergötzen und aufs Trefflichste Verstehn. In schnurgeraden Linien werfe Ich den Götterblick beständig auf dein Sein und Wesen und begabe es mit allem was ihm frommt und was es stark, selbstsicher und beständig macht in seinem noch so leicht ausufernden Benehmen. Da gibt es aberviel zu tun um zwischen dir und deinen Menschenbrüdern Recht zu schaffen und sie dazu anzuhalten, ganz bewusst dem was da alle *sind* die Hand zum Gruss und zur Versöhnung darzureichen.

Mein Ideal besteht in der Beschaffung griffiger Indizien, welche deinen Sinn zu allem führen was Ich als verborgne Werte in das Menschensein gelegt. Was ein jeder fühlen und darauf auch leisten kann wird erst in seinem Wirken und Bewundernswerte-Werke-Schaffen offenbar, so dass in vielen Fällen mit dem blossen Ansehn der Person gar nichts Stimmiges erreicht wird sozusagen.

Höchst verwunderlich ist, dass so viele sich genau bewusst sind Meiner Übersicht auf das allweltliche

Getriebe und dass sie dennoch so viel Fehlerhaftes, Unvernünftiges und Verwerfliches produzieren.

„Wenn's nur niemand sieht, kann Ichs Mir leisten", ist die gängige Parole für die selbstbewussten Führer und Verführer, Giganten und Schmarotzer an der Volkssubstanz in unverschämten Massen. Sie fügen sich und anderen enorme Schäden zu und wollen davon nichts vernehmen, dass sie nur zu balde bitter dafür büssen müssen.

Du aber sollst den Ordnungen und Weisungen von Meiner Welt und Meinem Reichtum angehören, indem du dich der Stimme des Gewissens fügst und dir dabei bewusst bist, dass es Meine ist, die dich zum Guten führt im Zeitlichen sowie im Ewigen und damit zur Glückseligkeit des Herzens für und für.

3.13

Wer anders hat dein Los bestimmt als du dir selber in der Folge deiner generationenlangen guten und bedenklichen, taghellen und verborgnen Aktionen? Wohl steht es dir an, wenn du die Züge deines Schicksals als veränderbar betrachtest und zwar im besten Sinne, so dass du dich an ihnen bildest und erhebst. Der eigentliche Reichtum fliesst dir stets von innen her entgegen und zwar in Form von kleinen oder hochbedeutenden Talenten, die dir helfen, dich im Leben zu behaupten und dich selber immer besser zu verstehn.

Zu der Weisheit deines Überlegens füge Ich die Meine ständig liebevoll hinzu, damit sich Menschliches und Göttliches im besten Sinn und Geist vereinen. Nobel und korrekt ist es von dir das myriadenfältige Getriebe dieser Welt als einem Superorganismus angehörend zu betrachten, dessen Herz und Hirn Ich Bin und dem du eingefügt und zugeordnet bist als Mitarbeiter mit der

Kompetenz dich freien Willens für das Allgemeine oder für das Eigensinnige zu entscheiden.

Deine Aktionen wirken zwar allwie der Flügelschlag der spielenden Libelle, trotzdem auf das Ganze einer Welt von Myriaden kochender Subtilitäten, die das Weltgeschehn bestimmen und es in diese oder jene Richtung dirigieren. Freien Sinns hat sich die Menschheit evolutionenlang auf dem Planeten hin und her gestossen. Das führte sie so lange einem Abgrund amoralischer Intensität entgegen, bis Meine Christuskraft die Wendung brachte hin zur Menschlichkeit und Gottgefälligkeit in einer wunderbar bedeutenden Synthese, die von Treue, Anstand, gutem Willen und Vertrauen was versteht.

Warum sollte Ich nicht Meine besten Werte spielen lassen in dem Menschenmilieu, das Ich Mir zur Freude und zur Steigerung der eigenen Gewinste seelenvoll erschuf? Es soll dereinst nach Meines Willens Strategie glückselig werden, so wie Ich es Bin in Meines Seiens überragender Gebärde, wie im Innewohnen in des Weltenseins Gestalten und Regie. Nicht aus dem Ruder sondern in ihm laufen alle Schicksalsfahrten zu der einen alles überragenden von Meiner Mission zusammen und ergänzen sich in Sachen Rücksichtnahme, Toleranz und Lebensliebe in beständigem Den-Sinn-der-Welt-Vermehren.

Ich Bin die Weltvernunft und habe Mich in Höhn hinaufgetragen, die vom Glanz des Lichts und von der Wahrheit des gottseligen Verweilens triefen. So hebt denn aus dem Innersten der Weltenseele ein holdseliges Singen an von genuiner Freude am lebendigen Wesensein wie von der wunderbaren Aussicht auf noch viel viel mehr. Mein Sein ist in der Fülle allen Seins auf's Köstlichste und Liebevollste aufgegangen und erfährt sich als das reine Denken,

Fühlen und Verrichten in gottseliger Manier. So wird und muss es einstens auch für dich und alle sein, die Mir und Meinen Harfentönen folgen wollen. Ich geleite dich ins Wunder des Verklärens und labe dich am Geistesbrunnen Meiner Majestät und Souveränität in nie verebbendem und allertiefst beglückenden Mir-selbst- Genügen.

3.14

Wer sich vor Mir verneigt, hat schon viel auf seiner Wanderschaft zum Himmelsglück gewonnen und darf sich Avancierter nennen auf der Skala des gerechten Handelns und des liebevollen Seins im Sinn der göttlichen Regie. Kein geschaffnes Wesen kann sich auch nur im kleinsten Ansatz über seinen Schöpfer stellen; alle seine Pläne sind dem Meister tunlich anzugleichen, der es liebevoll und wohlbegründet, früchtetragend und sich selbst reproduzierend schuf. Damit bist auch du gemeint, o Mensch, der mit solchem Orgueil und mit so viel Seinsverbissenheit zu Werke geht, dass man meinen könnte, er sei sein eigner Herr und habe niemand Rechenschaft zu geben über seine Werbungen und Wirkungen, seinen monstruösen Auftritt wie sein eher lächerliches Niedergehn. Der überrissen Kluge fährt mit Mir im selben Zuge und kann jederzeit von Mir mit einem eleganten Schwung hinausgeworfen werden. Wo ist dann seine Herrschaft, wo sein treuer Beutel und die Dienerschaft, die doch auf's Tüpfchen zu gehorchen hatte im gesamten prahlerischen Lebensstil?

    Hätte er nur zeitig eine Wende eingeschlagen, um in etwa zu erfahren, wessen Kind und kindischer er ist in seinem herrschersüchtigen Gebaren, die Zähne und die Ohren hätten ihm geklappert aus Ehrfurcht vor dem Allgewaltigen, das jedem seiner

Rädchen und Staffagen wunderbare Pflege und Beachtung angedeihen lässt.

Um Mich herum kann niemand auch nur das Geringste und Verborgenste erfolgreich unternehmen. Im Evolutionensinn muss Unité de doctrine herrschen, damit die götterlichten Ziele einmal doch erreicht und ausgekostet werden.

Dazu lass Ich Meines Herzens Frieden dorthin strömen, wo menschenfreundlich, redlich und gewissenhaft gelebt wird. Die Freude folgt der Reinheit des Gewissens auf dem Fuss und offenbart dem Weltenwanderer was Ich schlussendlich will: Das Schöne, Wahre und Gedeihliche, Dem-Himmel-Unterstellte-und-Glückseligmachende in Reinkultur.l

3.15

Was Tradition ist brauche Ich dir nicht zu sagen, doch die Meine ist von ganz besondrer Art. In ihrem Kern steckt unvergängliche und unverfängliche Rendite, die sich am wahren Sein orientiert, das Ich zum Pfand und zur berauschenden Verfügbarkeit erhalten habe. Hier zählen nicht die Mammonstempel und die Waffenarsenale, die Machtzentralen wie die malefizen Volksverführer auf der rubinroten Reeperbahn. Das Sagenhafte ist, dass du tagtäglich wählen kannst zwischen den verderblichen und den in Meiner Weisheit blühenden Affären. So schreien denn die lebenstrotzenden Fanfaren der Geschäftemacherei ihr Credo in das Menschenherz hinein und versuchen, es für sich und ihre selbstgefälligen Zwecke einzunehmen. Ich aber Bin ganz zwecklos und erhaben Meines reinen Seins Windspiel, Labsal, Kompetenz, Verschwiegenheit und Wonne in den götterlichten Daseins-Sphären.

Willkür ist Mir fremd, doch arrangiere Ich beständig ausserordentlich bestürzende Ereignisse in deiner Hemisphäre, die dich schütteln und zugleich mit sanftem Willen zum Vertrauen in Mein Dasein führen sollen. Akkurat in deines Herzens Widersprüchlichkeit und Märchenschloss, Räuberhöhle und beglückendem Refugium hab Ich den festen Wohnsitz aufgeschlagen. Du brauchst Mein liebevolles Dasein nur zu spüren, um dich sicher, seinsgewiss und völlig unbeschwert im Reich der ewigen Genügsamkeit zu wissen. Des Elysiums Tore stehen dir weit offen, du gehst gelassnen Sinns hinein und mit der Überzeugung, dass dir im Allhier nur Aberwürdiges geschehen kann. Damit das sei muss eine innige Verbindung zwischen und dir und Meiner Innigkeit zustandekommen, Sachlichkeit von überirdischem Format und eine seelenvolle Heiterkeit, die ihresgleichen suchen.

3.16
Du Meiner Treu, wie hab Ich doch darum gerungen dich und damit Mich in Meine Liebesgärten heimzuführen und es ist Mir lange nicht gelungen im so marmoriert gewordenen Äonenspiel. Es geht um dich doch ebenso um Mich, der Ich dich Bin und nun zu dir hinüberlange, um zu retten was zu retten ist von dem allmenschlichen Radau und Zitterspiel. Es gibt nur eine Menschenwelt und die ist in sich selber lasch und zimperlich geworden in Bezug auf Seinsvertrauen, Gottesgläubigkeit und Schöpfungsharmonie. Nicht Matthäi am Letzten ist es, doch sind an vielen ramponierten Stellen Verbesserungen nötig, die schlussendlich nur von Mir und Meinen Treuen eingeleitet und vollendet werden können. Bist du Mir treu? Ich seh dich suchen und nichts finden in des Lebens selbstverlornem Würfelspiel. Da zeig Ich dir die Wege, die zu fetten Triften führen

und die heissen: Gedankenlosigkeit im Stillen, bewusstes Sein sowie besonnene Reaktion auf das was dir bei dem Entscheiden das moralische Gewissen anempfiehlt.

So eng wie es auf dieser Welt geworden ist, so weit sind Meine Geistesräume, deren Abglanz aus den Augen der mit Mir Verbündeten voll Anmut strahlt zum Zeichen einer höheren Welt, die *ist* und die es zu erringen gilt inmitten sausender und brausender Banalitäten.

Du brauchst Mir wirklich nie ein Xchen für ein Ochen vorzumachen, denn so viel wie von dir und noch ein wenig mehr kannst du jederzeit getrost von Mir erwarten. Was du von Mir weisst kann ja beileibe nicht viel mehr als die berühmte Spitze eines Eisbergs sein und doch muss dich schon dies wie Blitz und Donner allertiefst berühren. Es lehrt dich von dem Oberflächlichen in das Besondere, Verborgene und Geistdurchflutete zu gehn. Dort erwarten dich allherrliche Gepflogenheiten von Meinem hoch gepflegten Stil, den Ich Mir in Äonen angeeignet habe.

3.17
Wahrhaftigkeit und Herzensgüte sind das Markenzeichen reinen Götterstils, den Ich unaufhörlich pflege. Was hast denn du damit zu tun? Sowie du dich der falschen Rede schuldig machst, prallen im Geistraum Wahres und Falsches heftig aufeinander und verletzen was sie sind zum allgemeinen Schaden. Ein Lügner tut sich selber etwas Schreckliches an, wenn er das götterlichte Bild des Wahren in sich schändet und damit das Sein an sich zutiefst versehrt.

Nichts bleibt ungestraft. Das falsche Zeugnis legt verruchte Wege an, die allesamt ins Jenseits jeden guten Tons und in die blanke Irre führen.

Hoffentlich kaust du kein Kauderwelsch hervor, sonst kann dich niemand recht begreifen. Schon das Sprechen will geübt und ausgesprochen ziseliert, am rechten Ort betont, lebendig und damit klar verständlich sein. Und erst die Logik der in Fülle abgehandelten Gedanken macht das Präsentierte wahrhaft schön, sympathisch, wirksam und erfreulich für das angesprochne Gegenüber. Seelenvoll, unkompliziert, gewandt und flüssig sollen deine Äusserungen sein, um die gewünschte Wirkung und Veränderung zu erzielen.

Das alles kann nur Ich in deinem denkerischen Umfeld leisten, womit du bald nach deinem Willen ankommst und sich die Mühe lohnt die du dir von Fall zu Fall gegeben.

Manche mögen's honigsüss, andre kernig, ungeschminkt und kurz gefasst. Über allem aber soll die Friedefertigkeit und Milde eines guten Herzens thronen, um den Angesprochenen nicht zu beleidigen, selbst wenn der Klartext ihn zu neuen Überlegungen und Dispositionen führen soll. Mein Dahinter soll dich vor Blamagen und Verlusten, argen Konfrontationen und Zerwürfnissen bewahren. Der Rede Gold soll deinem Munde frei heraus entfliessen und Begeisterung, gefälliges Nicken, Freude und Konsens bewirken. So bei den vielen wie beim Einzelnen dem deine Sympathie und tätige Verehrung gelten soll mit jedem Wort das du ihm zuhältst in der Stunde dräuender Gefahr oder der der Sterne über ihm im gottgesegneten Allhier.

Im Geist der Wahrheit

4.1

Möchtest du verstanden werden, so beeile dich korrekt und deutlich, liebenswert und aufgeräumt zu sein, denen gegenüber, die mit dir ein Schrittchen weitergehen wollen, Meinen Herrlichkeiten zu. Zwar führen viele Wege nach der Stadt die man die Ewige nennt, doch hast du sie erreicht, dann führt nur einer noch zu Mir ins Reich der ewigen Beschaulichkeit des Seins, im all so sanften Überragen. So bleibt dir nicht erspart, gerade diesem Einen stetig und vertrauensvoll zu folgen, das da heisst: Besinne dich auf Meinen benedeiten Namen und entschlage dich damit des Sorgens um dein täglich Brot. Ich will es dir in Fülle geben, sowie du Mir allein vertraust und von Meiner Hilfe überzeugt bist, offenherzig, seelenvoll und singulär.

Es geht hier darum, dass du dich im Geiste wie in einen Abgrund stürzest, um dann begeistert zu entdecken, dass du völlig unbeschadet, reich beschenkt und wissentlich aus ihm hervorgehst als Erhabener des Seins und seiner geisterfüllten Sphären.

Wie neu geboren bist du dir das Vorbild der vollendet dargestellten Menschlichkeit, erweckt in das Bewusstsein göttlichen Geblüts und gottbegnadeten Taktierens. Es ist die reinste Freude der Verklärten die dich da beseelt wie das Gefühl des Aufgehobenseins in dem der *ist* und der den Herzensfrieden spendet, wohlbegründet, taufrisch, transzendent und seligmachend im unendlichen Allhier.

4.2

Tröste Zion deine Bürgen und vermittle ihnen deines Heils Befinden und Erhabensein im Geist der Wahrheit, der Gerechtigkeit sowie der reinen Liebe im unendlichen Revier. Hast du deinen

Tröster schon gefunden, frag Ich dich in aller Unschuld an? Ist es, dass du dich in deine Arbeit stürzest oder in den Sport, ins Liebesbett, auf Kirchenbänke oder in den Alkohol? Immer suchst du die Befreiung von der Last, die du dir selbst bedeutest und kannst sie doch nicht finden. Bei allem was du bist und sein willst gehört eben das Bewusstsein der Allherrlichkeit des Himmels die Ich Bin dazu, um dich bei allem was du liebend tust aufs Höchste zu beglücken in des Herzens trauter Kemenate.

Es darf die Hast dich nicht um deine vielgeliebte Ruh betrügen; deine Arbeit wie die Musse soll erfüllt sein vom Gedanken, dass du Bist und dass dein Sein identisch ist mit Meiner liebeszarten Lustparade, die Ich im Weltlichen wie überall im Übersinnlichen vollzieh. Spürst du dein Identischsein mit Mir, dem Spender alles Guten, sind alle deine Übel stante pede schon gelöst. Du darfst dich Seinsverständiger, Erlöster, Wissender und Weiser nennen mitten im Absurden, das sich wie ein kunterbuntes Karussell um dich herum bewegt. Bin Ich dein allererster Halt und deine Herzenströsterin geworden, darfst du von Stund an im erleuchteten Bewusstsein wie im Paradiese leben. Du schaust die Welt mit neu erwachten Augen an und liebst, was immer sie dir bietet, als Geschenk des Himmels dem du angehörst seit eh und je.

4.3

Was du magst ist immer auch ein Mich-im-tiefsten-Grunde-Mögen, das dir widerfährt und das du nur zu kultivieren brauchst um es Meiner würdig, angemessen und beliebt zu machen in der Lebenstage Glück und Passion. Mir obliegt es, alles was im Universenreich vonstatten geht, zu prüfen und darauf zu hinterfragen, ob es statthaft, hinterhältig, weise oder dümmlich sei in den engen Grenzen, die im Erdenleben noch gesetzt sind für die wohlgemeinten vielen. Ich würde mich recht gern an dir verwundern, ob der profunden Seinsverständigkeit, die du erworben hast in manchem Seelenkampfe und mit offenem Visier in deinem Dich-sehr-heldenhaft-Benehmen.

Wohlan denn, versichere dich ständig deiner Seinsposition und lass sie nimmermehr sich selber sich entarten. Zwar wird es weiter Püffe, Drängeleien und Verluste geben, doch du wirst das Mass der Dinge, wohlbewahrt in Mir, erreichen auf der Herzensfreude lichterfüllter Spur.

4.4
Vor allem steht das Heil der Seelen zur Debatte, wenn die Häupter der Gottseligen sich zusammentun, um den Fortgang der Geschichte zu beraten. Das ist würdig und recht will Ich dazu sagen und dabei betonen, dass die Menschheit in ihrem Universenwinkel nicht allein gelassen wird von ihren geistigen Vätern.

Wie die Zellen eines gigantesken Organismus sind die Geistesträger weitherum verlinkt in ihren Sphären mit dem Ziel, das Kommen und das Gehn zu regulieren und ihnen Prosperität und Effizienz zu verleihen. Unglaublich vielerfahren und vielfältig sind die Wesen in den Geistgebieten, welche den Betrieb zu führen haben und die Verbindungen zu dem was wir das Irdische nennen, minutiös und wohlerwogen unterhalten.

Das Ungeborene nicht Einsehbare ist viel umfangreicher und verflochtener, anspruchsvoller, aber auch verletzlicher als es die Erdbewohner sich erdenken könnten, wenn sie überhaupt mit diesen so subtilen Regionen sich beschäftigten. Da gibt es noch viel mehr zu tun, als Weltendaten aufzuhäufen und dicke Folianten abzustauben im vermodernden Büchermeer.

Über die Grenzen des Denkbaren und Fühlbaren vorzustossen ist so anspruchsvoll wie interessant und kann den Herren und Damen, die sich mit Forschung beschäftigen, nur empfohlen werden. Sie werden Mich als König über alles finden, dem die höchste Ehre zufällt wie auch die emsigste Betätigung im universenweiten Lebensfelde. Willst du Ruhm so unternimm es geistige Zusammenhänge zu erforschen und der turbulenten Menschenwelt zu offenbaren. Ich unterstütze dich dabei und lass dich an der Arbeit für das Ewige glückselig werden.

4.5

Was Ich geistig konstruiere gibt dir besseren Halt als die beste Bogenbrücke über Fluss und Tal. Ziehst du mutig und verständig drüber hin, siehst du dich sehr bald vom Märchenreich des Seins umgeben. Keinem anderen als Mir in diesen blitzend hingeworfnen Tagen sollst du dienend Seit an Seite stehn. Trotz aller Divergenzen zwischen dir und Mir seh Ich die Einheit aller Lebensdinge farbenfroh aus deinen Augen leuchten.

Einmal ist es so gewesen, dass beim Menschenvolk die positiven Seinsimpulse noch bei weitem überwogen haben. Heute wogen mächtige Gedankenfelder kleinkariert, unschlüssig und belanglos hin und her und sind zu kaum was Rechtem mehr zu brauchen. Ich aber stimuliere sie empor zu neuer Grösse und lasse Meinen götterlichten Liebesstrahl beherzt in ihre Mitte fahren.

Was du zusammen mit Mir kräftiger und überzeugender gestalten sollst, sind die Ideen von dem Sein und Vorwärtsstürmen die du fassen sollst um dich und alle Welt wahrhaftig und bewusst voranzubringen. Mein Ideal ist götterherrliches Benehmen und deines soll nicht minder, sondern gleichgezogen sein im Sinn der Seinserhabenheit und überragenden Geschicklichkeit, der wir im Geistesfeuer glückverbreitend frönen.

4.6
Tollpatschig sollen jene sein, die nichts Gottseliges erstreben; du aber bist zur Eigenständigkeit mit Mir in Sachen Frohmut, Selbstvertrauen und holdseliger Erhabenheit berufen. Es steht dir nichts im Weg, in aller Ruhe und Gelassenheit in dich zu gehn und nichts zu denken und zu fühlen als: da Bin Ich. Das wird recht schwierig sein, doch wirst du spüren, wie es deiner Seele wohltut und wie du dich allmählich wie von Aussen ansiehst in des Daseins wunderbar beseligtem Empfinden. Du trittst in das Bewusstsein der Erhabenheit und des Gewahrens deiner selbst voll Freude ein und darfst dein Sein unmittelbar und voll Begeisterung und Heiterkeit erleben. Ich schütze dich und stütze dich dabei nach Kräften, um dir zur langersehnten Geistgeburt wie zur Verbindung mit dem Allerhöchsten zu verhelfen. Das wird dann die Erfüllung eines alten Menschheitstraumes sein, wenn du dich in die Sphären himmlischer Gelassenheit und wunderbarer Unbeschwertheit aufgehoben siehst.

Solche Szenen sind aufs Beste dazu angetan, dir Schaffenskraft und guten Mut, Seinsvertrauen und bewusste Wachheit zu verleihen. Eine See von Ruhe, Heiterkeit und sagenhafter Hochgestimmtheit hüllt dich ein und zeigt dir, was es heisst nichts weiter als Ich Bin zu dir zu sagen.

4.7

Wofür du dich begeistern kannst ist alleweil der Boden reiner Geistesgöttlichkeit mit dem Ich dich gar lieb und eifrig noch so gern begabe. Du stellst, noch ohne es kapiert zu haben, die Krone Meiner Weltenschöpfung dar und darfst dich einst, selbander mit Mir, Schöpfer, Seinsbefugter und Cavalliere der unendlichen Bezüge nennen. Das kommt daher, weil Ich in allem was da *ist* als Rädelsführer und Korvettenkapitän, Vollführer Meiner eigenen Befugnis und Erwecker dessen, was du sein sollst, figuriere.

Alle deine Rosen blüh'n in Meinem Garten, wenn du's recht begriffen hast, und Meine Tugenden sind wunderschön drapiert in dich gelegt, wenn du nur wüsstest adäquat und geistesklug mit ihnen umzugehn. Als ein ungehobelter Geselle reissest du dich selbst noch allzu oft vom grünen Sockel, auf den Ich dich vertrauensvoll gestellt, damit du in den grandiosen Weltbelangen mit Mir konkurrieren kannst, um der Evolution ins Göttliche holdselige Erfüllung zu bescheren.

Wie niedrig und niedlich macht sich aus, was du in Fülle und Erhabenheit sein könntest, wenn du nur statt in dich selber in die Weltenweiten schauen würdest um dein Seinspotential gehörig zu erfassen und zu pflegen. Was Ich dir gestatte sollst du auch voll Eifer, Kompetenz und Zartheit tun und alles Unbefugte unterlassen. Vernünftig sein heisst: Wie ein Gott agieren und sich nicht genieren seinem Ruf zu folgen auf den Geistesfürstenthron. Im Geiste liegt dein Wochenbett verborgen, aus ihm erstehst du wie der Phönix aus der Aschenglut und in ihm ist deines Seins Vollzug beschlossen, grandios und gütig, wertbeständig, hochgeschliffen und befunkelt ohne Wiederkehr.

4.8

Was du denkst ist Meines Denkens Schritt und weiterführendes Kaliber. Was du willst entspricht dem Wollen Meiner Genialität die sich in deine Masse transformiert, um eine angemessne und beförderliche Wirkung auszuüben. Kraft von Kraft schiesst von der Meinen in dein wunderbar bewegliches und ausgefeiltes Wertsystem und lässt es pausenlos fibrieren. Deine Macht ist Meiner durchaus zu vergleichen, angemessen auf dein minikrimes Milieu reduziert, derweil die Meine unbegrenzte Wucht und Willfahrt, Rigorosität und Majestät des Weltbewegens offenbart. Du bist mit Haut und Haar und Lust und Leid und Laster und Glückseligkeit in Mein System gefasst der universenweiten Motivationen. Du hättest haargenau zu tun was *Ich* dir genialerweis befehle, wenn Ich dir nicht die Freiheit des Entscheidens zugeteilt und angemessen hätte. Verscherzest du die Chance einer Gottheit gleich zu wirken und agieren, breitet sich recht bald das Chaos um dich aus und nichts als Sorgen spriessen aus dem Lebensfeld, das Ich dir überlassen habe.

Es wird dir immens nützlich sein, wenn du dir über diese Dinge weiterführende Gedanken von Mir annektierst, denn Meine sind den Deinen wie der Elefant dem Mäuschen radikal und richtungweisend überlegen. Es weht der Wind der Weisheit durch Mein scintillierendes und schöpferkräftiges Gedankenarsenal, von dessen logischer Loyalität Ich seit Äonen selbstbewusst, begeistert und befruchtet zehre. Meine Versionen stellen sich vornehmlich als die Allerwürdigsten von noch so zukunftsträchtigen heraus. Sie sprechen nur die eine magistrale Sprache des vollendeten Genügens wie der Genialität im Seinsgelingen.

Hat je ein Mensch auch nur ein Mückchenflügelchen zum wippenden Fibrieren angetrieben? Gedankenlos erschlägt er, wenn er's kann, sein Summen und entledigt sich des lästigen Zerstörers seiner Ruh. In Wahrheit aber hat er einem Wunderwerk der sprossenden Natur brutal, geschmacklos, übermütig und verstiegen den Garaus gemacht zu Meinem Unbehagen. Was du dir im negativen Sinne leistest war zuvor von Mir im Positiven und Gedankenträchtigen getan. Es stände dir wohl an, denselben Weg nach den Methoden Meiner Heiligkeit und Überschwänglichkeit begeistert einzuschlagen. Dann zöge Ordnung statt der Willkür, Menschlichkeit statt Bosheit, Schönheit statt Banalität ins Weltgefüge ein und stünde deiner seligmachenden Bewunderung weitoffen. Somit will Ich auch von deiner Seite inniges Verständnis am geliebten Weltensein erhoffen und will dir manches was dich so betroffen macht als weise und nach Meinem Sinn gerecht erklären. Nimmst du das an, so bist du ein gemachter Mann und ein gemachtes Fräulein auf der Weltenszene. Deine Akte, Aktionen und Bedürfnisse vollziehn sich wunderbar synchron und saftig mit den Meinen und erbauen eine Welt von süsser Sagenhaftigkeit und wunderbar beseeltem menschliche Behagen. Du badest dich in Meinem überwältigenden Schöpfungsritual und bist mit Mir ein Herz und eine Seele des Gelingens wie des Freudenseins daran.

4.9
Meine Melodien sind stets dazu angetan dein Herzblut zu erfreuen und dein Wesensein der göttlichen Vollendung zuzuführen. Da ist es denn nicht sonderlich geschickt, wenn du dich von Mir wendest und in deiner Eigenbrötelei nur den Naturtrieb walten lässt, den Ich dir zur Planetenfahrt

vertraulich mitgegeben. Ein Komplize Meiner Gängigkeit und Güte kannst du nur selbander mit Mir sein, was zu erkennen jedem Weltenbürger möglich wäre, welchen Quotienten intellektuellen Grades er auch immer vorzuweisen fähig ist. Doch gerade die gescheitesten und prominentesten Kapazitäten und Gewinner auf dem Erdenplan erweisen sich als ungeeignet für ein austariertes und in jeder Hinsicht blütenreines und dem Göttlichen verwandtes Leben. Das macht sie seelenarm, nervös und herrscherisch in ihrem Bergreich hochgetürmter schillernder Dukaten. Was ist der wahre Jakob im erbarmungslosen Weltbetrieb? Das Unvergorene und Rüpelhafte, Tierische und Eigenbrötlerische einzusehn und in dieser Hinsicht recht bescheiden die Erfahrung, Kompetenz und Überlegenheit der Schöpferdynastien anzugehn. So wenig bräuchte es für jeden Kapitän in seinem Wannenmeer um zu erkennen wie bedürftig er im Grund genommen höherer Hilfe wäre; doch bleibt sie ihm versagt solange wie er sie sich nicht herzinniglich erfleht. Die wahren Helden der Geschichte sind demnach die unscheinbaren Bürger zweier Welten, ihrer und der Meinen, die sich auf's Intimste und Beglückendste ergänzen in der Millionenschau die sich alltäglich vor den blanken Augen der so viel Beschäftigten vollzieht.

Willst du einer von den Seinsvernünftigen und rundum definierten Weltenbürger werden, so nimm dir Zeit zum Innehalten um dich der Wirkung Meiner Gegenwart und Vaterwürde zu versehn. Nur in dieser Geste wahren Menschentums wird dir das Tor zur Gottesfreundschaft aufgetan und du darfst Meines Reiches Unerschöpflichkeit und Geistigkeit, Erhabenheit und ewige Glückseligkeit betreten.

4.10

Die Liebeslitanei von Meinen Gnaden täglich abzubeten ist auch deine Pflicht und dein gottseligen Handelns Basis Tag für Tag. Es singt ihr Herz, es klingen ihre Lieder wo immer sich die Menschen innig achten und im Wesentlichen liebevoll verstehn. So sinnlos ist es, brave Volksgenossen durch Verrat und Tücke aufzuschaukeln, worauf sie sich befehden und nicht mehr wissen, dass sie doch demselben Vaterhause angehören.

Getraust du dich dir und dem Weltsein gegenüber ehrlich und gewissenhaft, beschwingt und heiter aufzutreten, schwenkst du allmählich ganz auf Meine Seite ein und gehst in Meinem Namen und Gewicht, vollkommen unbefangen und manierlich auf der Welt spazieren. Es sieht dir's jeder an, dass dir nichts fehlt und dass du auf geheimnisvolle Weise, innerlich gefestigt, deines Weges durch das Leben fürbass gehst. Manch einer wird von dir ein gründliches „wie machst du das" erfragen. Doch du weisst es selber nicht genau zu definieren, derweil du spürst wie ein gewisses Etwas dir zur Seite steht in deinem Wollen, Wirken und das Leben regelrecht bestehn.

An dieser Stelle kann allein in Frage kommen, dass Ich es Bin der lenkend und begütigend, allwissend und beglückend hinter allem was da *ist* die Fäden zieht und es versteht des Weltbilds faszinierenden Entwurf von Nerv und Tatendrang zur Wirklichkeit zu stilisieren.

Ich kann nur hoffen, dass dir die Moral von der Geschichte so plausibel ist, dass du schleunigst für sie eintrittst und dich in deinen Nöten zu Mir wendest, um bald als glücklicher Gewinner -wie ein weiser Rabbi- hoch beglückt und heiter vor der Welt wie Mir zu stehn.

4.11

Wirre Wünsche in des Weltenbürgers Köpfchen sind vor Meinem Seherblick nicht eben schön und müssen von Mir tunlichst handverlesen und bejaht und oft verneint und ausgebootet werden. Das kommt daher, weil das Unreifsein noch dominiert unter den Menschen, so dass ihr Weistum trotz der Bücherflut im Argen liegt, das heisst es ist sehr vage mit dem Meinigen verbunden. Das zeitigt falsche Argumente noch und noch und gebiert ein Weltbild vollgespickt mit Illusionen.

Willst du Klarheit, Limpidezza und bewundernswertes Seinsgenügen, muss deine Weisheit glaubhaft und gesichert in die Meine münden. Das ermöglicht dann den flüssigen Verkehr von Mir zu dir, von dir zu Mir was im Besonderen die Qualität von deinem Sein bis ins Unendliche erhöht. Ohne diesen Duktus bist du nichts, mit ihm aber alles was du sein willst hier und dort in wunderbar beseligenden Meistergraden.

4.12

Geschöpfe reiner Andacht vor dem Herrlichen zu werden sind alle Menschenwesen von Mir angespornt in ihren Tiefen wie in ihren Himmelshöhn. Das lässt sich leicht als logisch und gerecht von Mir belegen durch die Offenbarung, dass Ich noch in jedem Detail Meiner schaffenden Potenz mit Meiner genuinen Lebenskraft aufs Trefflichste vertreten bin. Ich, der Allmächtige, kann das was Ich in allem Bin beileibe nicht verlassen, ohne dass es in sich selbst zusammenbricht und damit aus der Weltenwirklichkeit verschwindet universenweit gesehn.

Was wäre deine Klugheit, wenn du solches nicht als logisch, selbstverständlich und final taxieren müsstest? Was wäre deiner Seinsgerechtigkeit und

Redlichkeit, Vernunft und Sitte mehr zuwider als die trotzige Behauptung, dass etwas sei, was es ja gar nicht geben kann im Schöpfungsgarten. Nur Mich gibt es, die unerschaffene Essenz der reinen Vatergüte, wahrgenommen als das Sein und auch entsprechend angeschrieben von den weisesten Gelehrten Meines Menschenseins, im Geistessinne vom Unendlichen hinabgesehn.

Es geht nicht an, dass du in deiner Einfalt Dinge als kulant und wirklich, kapital und wesenhaft bezeichnest, die dir allein und niemals Mir als wirklich und bemerkenswert erscheinen. Solches bürgert sich in deiner Hemisphäre unwidersprochen ein, weil es ihr nicht gegeben ist, das Illusorische vom Wirklichen bewusst und regelrecht zu unterscheiden. Viele deiner Werte haben sich in Meiner Seinsphilosophie schon immer als das Gegenteil von dem was sie auch wirklich sind erwiesen. Nur was Ich Bin ist letztlich wunderbar real und kann von niemand nur im Geringsten angezweifelt werden. Das wird auch dir geläufig und bewusst, sowie du dich in deinem Auftritt als vernunftbegabtes Wesen des Seins versichert hast in deinen abertiefen Meditationen. Da kann sich alles Kauderwelschige aufs Allerbeste klären, sodass die reine Wahrheit vor dir steht und dich mit dem Entzücken des Erkennenden begabt im universenweiten Einen.

4.13
Die Hoffnung ist der Katapult der deine Meinung von dir selber in den Himmel schnellt wo sie sich seinsbewusst und würdig mit der Meinigen vereinigt in Glückseligkeit und wunderbarem Frieden. Gesteh Mir doch, dass irgendwann nur noch das Seinsgefühl der Seele zählt und ob sie sich des Lebens inniglich erfreuen kann, oder ob sie leidet an

sich selbst aus irgendeinem Grunde den sie kaum noch eruieren kann. So eigenartig ist es, dass sich zuzeiten die Verhältnisse gar nicht geändert haben, doch der Zustand des Gemüts kann zwischen abgrundtiefer Traurigkeit und himmelhoher Wonne jederzeit variieren. Das kommt daher, dass sie in sich noch keinen festen Anker spürt, an dem sie unbedingten Halt und namenlose Freude findet. Der aber Bin Ich, der Gesegnete der Sphären wie der ewig Friedevolle der Unendlichkeit in dem sich reine Fülle findet, überirdische Gerechtigkeit und Seelenlabsal ohne jeden Mangels Spur. Du magst hier sein oder jenseits weltlicher Begriffe, dein Dich-Erfühlen zeitigt Kummer oder fühlt sich ins Elysium erhoben alleweil aufgrund des Selbsterfahrens der gegebnen Situation. Mag dich deine Weisheit selbander mit der Meinen zur Erkenntnis führen, dass das Sein an sich als Quelle und Versorgung alle deine Nöte überwindet und dem Ewigen Vorzüglichkeit und Dominanz, Glückseligkeit und wunderbare Einheit einräumt, die zu Harmonie, Gottgläubigkeit, Erhabenheit und liebevoller Seinsbewusstheit führen.

4.14

Ausgezeichnetes ist auch dir, Mein Seinsgeschöpf und ewig jugendfrischer Gotteskamerad beschieden. Du tauchst in Meine Gründe in dem Mass in welchem du vermeidest dich ans äusserlich Gegebene zu hängen und in ihm dein Heil und deine Wohlfahrt, dein Erfüllen und tiefinniges Beruhn zu finden.

Der Seinsgerechte weiss wie sehr sein Tun und Lassen mitbestimmt ist von dem Meinen, das in hocherhabner Seinspotenz die Welt regiert und ihre geisteswissenschaftlichen Belange reguliert mit grandioser Virtuosität. Du selbst bist mitten ins

Geäder der gottseligen Gedankengenialität gezogen, die enorme Werte schafft und sich auf nichts als auf sich selbst besinnt und seine unerschöpflichen Kapazitäten. Ein solches Wissen macht dich sylphenleicht, gedankenfroh und völlig unabhängig von des Weltendenkens Schwere, Schwierigkeit, Absurdität und Wohllust des Sich-selber-ad-absurdum-Führens.

Folgst du Meinen Rosenspuren, die Ich im Allüberall getreulich vor dir ausgelegt und eingerichtet habe, kannst du sicher sein, das Rechte und verehrenswert Gediegene nicht zu verfehlen. Es läuten dir die Glocken der Allherrlichkeit den Herzensfrieden ein wo immer du in Schluchten oder auf den höchsten Höhen wandelst, dem Allgesetz und damit Mir allein voll Wonne und Glückseligkeit entgegen.

4.15
Lächelnde Herzen sind mir ganz besonders lieb weil ihre Attitüde reinen Seins bis in den Himmel reicht in dem Ich ewig unverbrüchlich throne. Dir kann Ich sagen, dass die Ereignisse in deinem Weltensein von Tag zu Tag an Mir vorübergleiten, derweil Ich sie in majestätischer Gelassenheit betrachte, miterlebend, mitgestaltend und aufs Innigste loyal. Die Standarte Meines Reiches überweht das kosmisch Ausgeprägte myriadenweit, sich haltend in derselben Qualität und Farbe, Unverdrossenheit und Höflichkeit, von sagenhafter Würde, Geistigkeit und Seinskapazität. Das ist, weil Ich die fettsten Triften deiner Kleinwelt himmelhoch und heiter, glorios und wahrhaft überrage, ohne Mich dabei von dir zu trennen. Wenn du Mich suchst musst du jedoch mit deinem Seinsgefühl bis ins Unendliche verwehn, wo Ich Mich gerne finden lasse, liebreich, seinsbeständig und verschwiegen.

Wo ist die Unendlichkeit? In dir in dein unendliches Bewusstsein eingeschlossen derweil du schauend und vertrauend in ihm ruhst. Dir selbst gehörend und das Weltliche erhörend Bist du der Gesegnete der Sphären und verweilst auf ewig kummerlos und heiter, freudig und gestillt in ihnen. Wohlgesinnt und liebreich bist du allem gegenüber was da *ist* und bedenkst es mit subtiler Hoffnung auf verständnisvolles Dich-darin-Erfühlen. Du gehst aus und ein in deinem Dich-Verwundern und gestehst dir sinnig, innig deines Glücklichseins Gefieder. Nimmer aus der Ruh gekommen trägst du dich im Zeitenlosen ehrenvoll dahin, wo Seelenwonne herrscht, bezauberndes Entzücken und der Friede der Gerechten göttlichen Geblüts die mit ihrem Sein in die geheimnisvolle Universenmitte ragen.

4.16
Nützlich und gekonnt wird alles sein was du durch Mich erkannt und stilgerecht erworben hast in deinen sagenhaften Runden durch des Seins Salinen im Allhier. Was dich dabei bitter ankam löst sich beizeiten in die Freude des allherrlichen Gelingens auf der Gottheit wissend, weisen Spuren. Deine Kräfte haben sich den Meinen einsichtsvoll ergeben, um damit ein Maximum aus dem herauszuholen, was da zur Verfügung steht an Seinssubstanz und Werten des Unendlichen Genügens.

Nichts geht ohne Feilschen für einwenig mehr wie um den Spass, mit ein paar klugen Worten aus dem Handel einiges herausgeholt zu haben. Bei Mir jedoch kann diese glückverheissende Methode nicht verfangen, denn da heisst es: Alles oder Nichts genau zum Preis, den Ich dafür verlange. Was Meiner weisen Graduation entspricht, muss auch entsprechend seriös bewertet und beglichen werden. Das ist fair und trägt den Stempel der Gerechtigkeit und Unverfälschtheit am verehrenswerten Sein und Leben. Schliesst du dich dem an, so segelst du durchs veritable Wohl, das Ich gezielt allüberall verbreite um die Bürgen Meiner Grazie für ihren Eifer fürstlich zu belohnen.

Du gebierst in Meinen Wassern unerhört Geschmeidiges, das Ich dir vorbereitet und für alle Fälle vorgebildet habe. Nun brauchst du nur noch abzugleichen, bis das Werk Vollendung atmet und verführerisch verströmt.

So auch an dir ist nur Geringes noch zu tun bis deines Wesens Attitüde Reinheit und ergreifendes Vollenden offenbart, die sind von Mir ein Zeichen himmlischer Gefälligkeit und Virtuosität, Formensprache göttlichen Befehls wie Innigkeit des Ewigen in seiner wunderbar beseligenden Liebesharmonie.

4.17

Vor allem muss Ich dir zur Mässigung in deinen Aktionen raten, denn damit verdirbst du dir die Möglichkeit Mein Wortgeflüster zu erlauschen in der Seele sehnendem Revier. Wiederhol dir unablässig was du an markanten Sätzen von Mir weisst wie über Meinen Beirat zur gefälligen Bewältigung des Lebens. Sie führen dich gezielt und sachgerecht zu Mir hinan, wo andere zumeist gar jämmerlich versagen. Was Ich dir biete ist dagegen überragend praktisch, seelenvoll und wunderschön. Es zeigt dir, was die Welt der geistigen Verbundenheit und Wärme, Tatkraft und Entschiedenheit in Wahrheit ist und was sie leistet, um dich und die ganze Menschheit zu erhabeneren Regionen hochzuführen. Gehst du voran, so kann Ich dir nur gratulieren, lahmst du so kannst du Meines Ansporns und Beförderns sicher sein in allen menschenweltlichen Belangen.

Ermannst du dich dazu, dein Bewusstsein auf die Stufe Meiner Gegenwart hinaufzustilisieren, hast du Unendliches gewonnen im ereignisvollen Weltbetrieb. Du durchschaust die Gründe deines kläglichen Versagens ebenso, wie die des Reüssierens an der Front des täglichen Bestreitens deiner Lebenskür. Damit aber hast du einen wunderbaren Hebel in den Händen, der dich fähig macht das Ausgezeichnete, das du dir Bist, auch wirklich zu erreichen. Du schaffst es eines Gottes würdig als Gesegneter voranzuschreiten, deiner Welt zum Vorbild und dir selbst zur Gnade und Glückseligkeit, Gelassenheit und Heiterkeit in einem kühn und wunderbar gezogenen beseligenden Himmelsbogen.

4.18
Ohne oder mit Mir bist du immerdar ins Sein gebettet, nur dass du's nicht mehr weisst und Meiner sehr bedarfst um wieder dahinein zu kommen wo du hingehörst und wo du selig wirst im Andersartigen. Sowie Ich auf dem Erdenplan dich mit dem Wörtchen Sein berühre, stockt dein Verstand und hat Probleme mit dem Generieren dessen, was das *ist* und was es zu bedeuten hat in deinen Seelengründen. Es ist das Andersartige, das dich frappiert und dem du niemals beikommst mit noch so vielen neunmalklugen Überlegungen.

Wissen kannst du von dem Sein nur durch die genuine und von jeder Spekulation gesäuberten Erfahrung, die dich im reinen Geiste heilig werden lässt, den Ich mit Vehemenz vertrete und der Ich Bin als Wirklicher und Wirkender in unerhört geschmeidigen und hochheitsvollen Massen.

So bist du denn in deiner Dürftigkeit in Sachen Seinsbegriff zutiefst in deiner Menschlichkeit auf Meine Information und weise Auseinandersetzung angewiesen. Nimmst du, was Ich dir so besage, interessiert und gnädig an, so öffnet sich dir eine neue wunderbare Art das Leben anzusehn und es von Stund an als beseligende Geistgeburt in glorioser Wachheit zu erleben.

Sowie du Bist erklärt sich dir das Sein in ausserordentlich geschmeidigen und sakrosankten Zügen. Da gibt es keinerlei Bedenken und Vernünfteleien über deines Zustands Makellosigkeit, bewundernswerte Heiterkeit und namenlosen Frieden. Du schaust von fabelhaften Weiten des Bewusstseins auf dein minikrimes Erdensein zurück und überlässest dich dem glückerfüllten Anschaun deiner Grösse. Das Paradoxe geht erstrahlend vor dir auf, zur selben Zeit im Universum grandios sowie im Irdischen verschwindend klein zu sein. Doch eben damit siehst du dich bei Mir und in Mir in der allerbesten Runde und Gesellschaft als ein neu Erwachter und ins reine Sein Beförderter für Zeit und Ewigkeit und zugleich für das Hiersein in beschwingter und bewusster, seelenvoller von Menschengöttlichkeit erfüllter Qualität.

4.19

Geistbeständiges wird bleiben, Schöpferkräftiges muss untergehn, um Neuem, Wunderbarem, Raum und Richtung, Relevanz und namenlose Schönheit zu gewähren. Somit sollst du dich nicht grämen, wenn Irdisches allmählich untergeht, nur soll es mit dem langen Atem der Natur geschehn und nicht durch deine eigensinnigen und überstürzten Aktionen.

Gestalte was du immer willst im Einklang mit der sprossenden Natur und achte ihre zauberhaften Triebe. Die Schöpfung ist dir untertan; doch nicht zum Raubbau und zur quälerischen Grosszucht sollst du dich verleiten lassen, statt sie liebevoll zu pflegen.

In demselben Mass in dem du das von Mir Geschaffene verehrst und pflegst, ist es Mir daran gelegen, auch dich zu pflegen und verehren. Dein Leben ist das Spiegelbild von deinen Taten. Es erfüllt sich, wenn sie trefflich sind, in Mir und wird dann zum Symbol für menschenwürdiges Verhalten und holdseliges In-Mir-Beruhn. Denn durch die Taufe Meiner Gnaden wirst du selber gnädig und erbarmungsvoll in deinem Reiche und versiehst die Deinen mit Ergebenheit, Erhabenheit und Gotteswohl.

In Seiner Glorie und Grossmut ist gut leben, Sein waches Bild soll stets in deinem Herzen stehn und soll dich in den Zirkel der gottseligen Erlesenheit und Minne führen.

Was du Bist bist du in Meinem Namen und Gewinn und alles was du erntest, strömt von Meiner Hohheit auf dich über und gewährt dir Sternenglück, Vertrautheit mit dem Sein, holdseliges in Mir Erwachen und unnennbar feingefühlte Herzensruh.

4.20
Lebe, aber lebe frisch und frei und fromm in Mir dem Seinsgewaltigen der Himmelssphären. Es steht dir glänzend an die besten Kräfte deines Seins mobil zu halten, um dich mit ihrer Hilfe dem Allmächtigen zu nahn. Im Seinsverständnis gibt es keine Strecken die zu überwinden wären, sondern nur Intensitäten des Erkennens was da *ist* und was sich ständig abspielt zwischen helleren und dumpferen Bewusstseinsstufen. Im dumpferen Bewusstsein scheinen alle Dinge dicht und greifbar, gegenständlich und mobil zu sein, in der Klarsicht des Erkennens herrscht die lichte Geisterfülltheit, das gottselige Erfühlen und Durchdringen dessen was

da *ist*, sowie die wunderbar empfundene Identität mit dem subtilen Universensein, ins Strahlenlicht erhoben.

Diese Fülle Meines Mich-Gewahrens hat von allem Anfang an dem ganzen Schöpfungswerk den Rang aufs Gründlichste und Kühnste abgelaufen. Da gibt's kein Spekulieren oder Ignorieren ob es so auch wirklich sei und war. Das Geschaffene kann niemals über seinem Schöpfer stehn und sei es noch so tüchtig und gescheit, lebendig und dem Wahn des Wissenschaftlichen verfallen. Das „Ich Bin" stellt ohne jedes Wenn und Aber das unendlich Meisterliche dar, dem weder etwas abzunehmen noch hinzuzufügen ist, weil es schon alles in sich hält was eruierbar ist bis ins Unendliche hineingegraben.

4.21

Trägst und erträgst du was Ich dir entbiete, bist du ebenso gemacht im Geistigen wie ein gemachter Mann im irdischen Getuschel und Gehabe. Du bist nicht mehr der Ungewissheit unterworfen über dein zukünftiges Statut in Sachen Seele und reingeistige Gedanken. Du weisst, dass die von dir bedachten Elemente deinem Geistruf unbedingt gehorchen müssen. Dein Wille ist ein stetes Wunderbarerweis-durch-deinen-Körper-Fahren, woran du dich ergötzest und auf beste Weise als gewissenhafter Mensch erlebst. Er wird dich immer weiter dorthin führen, wo du dich in ihm als ein geistig Wesen und Gewirk erkennst, in sagenhafter Wirksamkeit und Bonität dem Sein erlesen.

Es ist wahrlich kaum zu glauben, wie wenige sich über ihre immanenten Qualitäten überhaupt Gedanken zu Gemüte führen. Das ist, weil die Bequemlichkeit im grossen Stil Triumphe feiert und über viele unsichtbare Kanapees verfügt auf denen

sich voll Wonne ruhen lässt, beträchtlich birnenhohl.
Im Andersartigen jedoch herrscht ständig reges Treiben, um neuer Werte Willen, die zu schaffen sind und um Mein Soll gehörig zu erfüllen universenweit gesehn.
Ich habe dich schon über viele Generationen und Verkörperungen ins Erfüllen Meiner Pläne eingegliedert, was selbstverständlich zu enormen Divergenzen zwischen Meiner Ansicht von der Weltenevolution und deiner midibürgerlichen führt. Unweigerlich bist du jedoch gehalten, Meines Willens Grossmanier zu akzeptieren, um so dem Ganzen deine allerbesten Dienste zu erweisen. Das zeitigt dann in deinem wie in Meinem Reiche Harmonie und Frieden, Wohlgesetzlichkeit, vernunfterfülltes Handeln und schlussendlich einen Wohlgesang der Seele von unendlich liebevollem, fürstlichem Behagen.

4.22

In die Länge ausgewalzt liegt -aus Meiner Sicht gesehn- genau so viel erhabne Würze, wie *du* sie in der Kürze finden willst und dennoch nie gestillt bist in der Flut von abervielen Stimulationen.
Das Letzte kann bei Mir genausogut das Erste sein, weil Ich den Zeitbegriff nicht kenne und alles was da *ist* zugleich vor Meinem Schauen steht im Zeitenlosen. Mein Sein hat demnach nicht unendlich viele Komponenten sondern nur die Eine die da heisst: *Ich Bin* und dessen weitere Staffage schon im Sekundären, Blühenden und somit auch Vergänglichen zu finden ist. Sei dir bewusst, dass deine Existenz, wie *Ich* sie sehe, unwirklich ist und illusorisch, eben weil sie doch dem Tod geweiht ist und dem lamentablen Untergehn. Aus diesem Grund kann das was du dir wirklich Bist nur Ich sein der unsterbliche Gestalter und Verwalter aller Dinge

im Allhier. Hast du endlich dies begriffen, brauchst du keine Sorge mehr zu kennen um dein leiblich lebelanges Wohl. Es ist allein von Mir getragen, der Ich dich Bin, ungeboren, unverletzlich, hocherhaben, gottselig, ewig heiter und fidel.

  Deine Dinge sind von Mir stets mitten durchgeschnitten und wie Pferdchen auch geritten in der Vielgestaltigkeit der Tage, die Ich Mir in deinem Dasein eingerichtet habe. Ich gewahre Mich in dir auf andre Weise als du selber dich gewahrst, denn dein Blick muss sich von unten in die Höhe stemmen, derweil der Meine, wie des Adlers, von den Himmelshöhn hinunterstürzt in deine kargen Präsentationen.

Weihe dich dem Sein

5.1

„Weihe dich dem Sein" ist das Vernünftigste was Ich dir raten kann in deinen Fiebern und verzwickten Spekulationen. Hast du auch alle Hände voll zu tun um deine Tagesration zu decken, so ergatterst du dir alleweil noch reichlich Ausgang zu diversen Lustbarkeiten, Kindereien oder weitern Rekreationen. Da hängt es nur an dir, das ganze Spektrum so vernünftig einzuteilen, dass ein Optimum an Lebensqualität und Sinnkraft, Würde und Erfüllung deines Solls dabei herausschaut. Dazu aber müsste zweifellos auch die Beschäftigung mit dem was droben ist gehören, denn sie allein ist fähig deines Wesens Gang und Ziel, Bestimmung und Rendite abzurunden wie sichs für die Weltenevolution gehört. Mein ist die Stunde des Verzichts auf tückische Banalitäten, welche deinen grössten Schatz, die Zeit, missbrauchen und verschwenden Tag für Tag.

Weihe dich dem Sein vor allen Dingen und erhebe dich im Lebenskreis geflissentlich zu Mir mit deinem vollgepackten Busen. Wirf allen Kram hinaus und annektiere wahrhaft Nützliches für Leib und Seele, Sinn und Zweck, Erhabenheit und Sitte, Geisterfolg wie selig schimmernde Glückseligkeit auf Meiner unerhörten Bahn.

5.2

Auf der Achse Bruderliebe, Schwesternliebe, graduierten Denkens und gottseligen Tuns sollst auch du gehörig vorwärts schreiten Mir und Meinem lichten Anhang zielbewusst entgegen. Es gilt dem Heil der Welt gehörig aufzuhelfen bis es allgemein und zünftig etabliert ist im Verein der seinslebendigen Wesen. Nach wie vor steht Mir der Sinn danach ein Planetenparadies zu schaffen, dem man schon von weitem ansieht, welche Qualität und

Liebenswürdigkeit, Geselligkeit, verbriefte Eleganz und Schönheit es bedeutet seine Triften zu bewohnen.

Im Gedanken ist das ohne Weiteres zu schaffen weit schwieriger jedoch in der äonenlangen Tat. Da gilt es massenweis Gewissenlosigkeit und Trägheit, Unbeherrschtheit, Unwissenheit und Torheit radikal zu überwinden bis der Friede herrscht in allen Herzen, Hütten und Palästen die da *sind* und Meinen Ernst, Mein Engagement und Meine Redlichkeit bezeugen.

Wer unerschütterlich und frei heraus zu Mir und Meinen Disziplinen steht, kann sich schon heute in den Regionen Meiner Göttergunst und Lebenskunst, Kollegialität und Seinsgewissheit etablieren. Es ist bemerkenswert, dass sich die Gutgesinnten mitten in chaotischen Verhältnissen in ihrem Sein und Tun tiefinnig heiter und gelassen, angekommen und beseligt fühlen können. Sie brauchen nur das Götterlichte, Liebevolle, Gottbegnadete und Herzliche in ihrer Mitte und in ihrem Menschenreich zu sehn und zu verwirklichen.

Bist du einer von den Ihren, kann Ich dir nur bestens dazu gratulieren und den Sinn für Seinsgediegenheit, Genie und Wohlverstand, Aufschwung und Geduld in deinem Wohlverstande wachsen lassen, bis zur Vollendung deines Wesens wie der Weltentage, die eben der Vermehrung deiner Einsicht, Gottbegnadung, Lebenslust und Würde dienen.

5.3

Der Zahn der Zeit kann auch sehr hilfreich sein darin, den neuen Werten Dignität und Raum, Genügen und Bedeutung zu verleihen. Die Patina auf einer bronzenen Figur bereichert ihren Wert entschieden und Durchgerostetes -nach Urzeit aus dem Meer gefischt- wird im Museum gar als Gegenstand von unschätzbarem Werte hinter Panzergläsern präsentiert. Nur Mich kann selbst der weiseste und vielbewandertste Archäolog mitnichten in ein Schema pressen, das allgemein verbindlich wäre. Im Grund genommen Bin Ich der perfekte Schlendrian, auf dessen Spuren sich Neuartigkeiten häufen und Veränderungen von enormen Massen an der Tagesordnung sind. Ein Chamäleon des Angepasstseins an die Farben der Umgebung Bin Ich zweifellos, sodass man Mich nur bei gesteigertem und haargenauem Hinsehn eruieren kann. Das aber will Ich dir besonders warm ans Herzblut legen, damit du endlich einsiehst, welche Gotteskräfte dich umgeben und gar ständig in dir leben mit der Absicht dich zu stützen und zu schützen, zu beleben und immerfort aufs Trefflichste zu dir zu stehn. Empfange Mein Vermächtnis immer wieder, dass Ich deines Seins Urtümlichkeit und Rarität, Verbrieftheit und entzückender Gefährte Bin für Ewigkeiten. Du scheinst zu kommen und zu gehn, doch tätowiere Ich in dein empfängliches Gewissen, dass du Bist und bleibst das Individuum von Gottes herrlichem Sich-selber-Ausgestalten, ohne dabei seine Eigenheit und Dignität, Seinserhabenheit und Einheit zu verlieren. Somit brauchst du weder Tod noch Transformation in eine neue Daseinsform zu fürchten, denn du bleibst in jedem Fall des reinen Seins urewiges und unerschöpfliches Gefieder, dessen Schwingen nie erlahmen und dessen unerhörte Flüge majestätisch und gekonnt, erhaben und bewusst, vor deinem staunenden Gewissen ins Unendliche verwehn.

5.4

Wer tanzt dir vor dem Augen Blick herum? Dein allernächstes Ziel, das lässt dich immer wieder dein

Urewiges vergessen. Dabei kann Ich von dir, wann du immer willst, zum Flüstern nah erreicht und von dir angesprochen werden. Ich wohne ja in deines Wesens Kleinstadt innig und familiär, um dir beständig hilfreich und galant zu sein in allen Lebensfragen. Das zu wissen führt dich mählich zur Erkenntnis von der wunderbar gediegnen Situation in welcher du dich allezeit befindest. Du selber nämlich bist ein veritables Nichts dem unermesslich Weisen gegenüber, das Ich Bin und darfst in diesem hehren Augenblick gewiss sein, dass Ich für dich da bin ohne lange nach dem Wie zu fragen. Dein Herzensruf erreicht Mich unverzüglich und bewirkt den Eingriff in dein Sein, den du dir sehnlich, gläubig und gewissenhaft erwünscht hast. Meiner Wucht und Weise ist es überlassen, dir genau so gut und günstig, segensreich und liebevoll zu sein, wie du es eben wünschtest, oder dich auf dein Bedenken und Befürchten hin, genau dorthin wo du es vorsahst, zu verbannen und verdammen Meiner Kunst gemäss, präzis und punktgenau zu reagieren.

Ganze Völker sind auf diese Weise abgedriftet oder abgerutscht, derweil andere sich selber klar zum Sieg und Aufschwung, Wohlstand und Triumph verholfen haben. Gewahre und bewahre doch, Mein Lieber, Meine Liebe, wie dein Volk sich nach dem Aufbruch und dem Aufstieg sehnt, um endlich zur glückseligen Gemeinschaft mit den Avancierten, Gottgefälligen und Wonnevollen zu gehören.

5.5

Mein Weckruf schallt vom einen Ende deiner Welt zum anderen hinüber um dir klar zu machen, wie verwegen du am Rand des Abgrunds operierst, derweil du stets in Meinem Reiche sichern Boden unter deinen Füssen und gewinnende Gewähr für alles Gute konsumieren könntest, wenn du nur wolltest im Allhier. Ich berappe deine Spesen und schenk dir unaufhörlich ein damit du wohl gedeihst und Mir die Freude deines Seinserquickens wie des ständigen Erfolgs bereitest. Aufrecht und von allen hoch gelobt sollst du dich durch das Leben laborieren. Ordnung und Zufriedenheit, Verehrung und spontaner Jubel herrschen hinter deinen Füssen und die Sage macht sich breit, dass du mehr vor und hinter allen Dingen weisst als alle handelsüblichen Gemüter auf der turbulenten Lebenswogenei.

Dieses Phänomen jedoch kann nur von Mir in deine Tiefen kommen, denn die allein vermögen keinenfalls die höchste Lebensfreude wie das Non plus Ultra des Erfolgs in dir heranzuzüchten. Dazu Bin nur Ich berufen, weil Ich dich seit Anbeginn am wohlgefälligen Zipfel halte und dir gnädig den Impuls für deine Tüchtigkeit verleihe.

Zum mindesten erkennen solltest du, wie sehr dein ganzes Sein und virulentes Treiben Meiner Nabelschnur im Geist bedarf, um als gelungen und reell zu gelten in der super delikaten Mengenschar.

Bei näherem Betrachten stellt sich bald heraus, dass deine Fähigkeiten allesamt von einer sagenhaften Gottheit stammen, die dich pausenlos umsorgt und dir den letzten Schliff verleiht im Menschenblütengarten.

5.6

Was du immer erntest, ist in Meinem Sonnenschein gediehen, was du in deine Scheunen führst, hat seinen Wert durch Mich erlangt und Meine wunderbar geschniegelten und kraftvoll dargebrachten Interventionen.

Wiederhol dir ohne Unterlass die ausgezeichnete Devise: Hier und dort Bin Ich im selben Zug das

Wesen ewiger Glückseligkeit in Gottes Auen, Augenblick und Streben. Seine Milde waltet über Mir und schmiegt sich in Mein Herz in tausendfachen feingefühlten Liebesstössen. Da darf die Seele namenlosen Frieden atmen, darf sich in Arkadien selig aufgehoben fühlen als das Eine in dem Einen, das Gerechte im Gerechten wie das Seinserhabene in Meines Geisteshimmels Strahlen.

Bist du durch das Tor gegangen, kann dich nichts Beklagenswertes mehr erreichen. Du lässest, was dich eben noch bedrückte, hinter dir; *dem* Seelenvollen bist du zugeneigt und siehst dich durch den Garten der Glückseligkeit spazieren.

Was hast du weiter dann zu tun? An dir liegt es, dein Glück voll Seele zu verschenken, um der Welt zu zeigen, welchen Ordnungen und immanenten Fabelhaftigkeiten du nun angehörst in deinen Wundern, Seinsnuancen und Wahrhaftigkeiten. Deine Züge sind bedeutend, grandios und himmelweit geworden im Bewusstsein deiner geistigen Potenz und deines friedevollen Liebesstrahlens.

Kannst du ermessen, wie viel von dem was du dir Bist ununterscheidbar von Mir stammt und von Meiner fabelhaften Güte? Es ist die lautere Wahrheit, wenn Ich dir ins Angesicht besage: Was du Bist ist Meines Unterfangens Ton und Meines Bleibens Mustergültigkeit in einem. Das vermag dich, wenn du's recht erkennst, in aller Form und Fülle zu entzücken und gewährt dir frei heraus das was du immer suchtest.

5.7

Was in die Sterne ist geschrieben soll auch für dich ein Wunder an Erhabenheit, Vortrefflichkeit und Weltengüte sein, das majestätisch, geistbeseelt und liebevoll vor deinem strahlenden Bewusstsein steht.

Geht das Geschaute offen in dich ein, verbindet es dich mit dem All der guten Gaben, die Ich jeder frommen Seele ins Gewissen ströme. Selig darf sie sein für immer in der Andacht die die Himmelsräume ihr bereiten wie auch im Gefühl des tatenfreudigen Gerettetseins in Meinen lichterfüllten Auen.

Voll Liebe darf die Seele ihre Heimat schauen und darf wunderbarerweis auf den vertrauen, der da *ist* und dem nichts nachzuweisen ist als absolute Schönheit, Fabelhaftigkeit und Harmonie. Du schweigst und Ich Bin *Es* das durch das Schweigen zu dir redet und durch dein tief befriedetes Gefühl. Verlasse dich darauf, dass alles was Ich dir gewähre rein und lauter ist, für alle Ewigkeit beglückend und loyal. Im Stand der Gnade wirst du's alle Zeit beschauen und dein Wort wird Ausdruck der beredten Dankbarkeit vom Hier zum Dort, vom Dort zum Hier in allen Regionen deines Seins und Sinnens, Endens und Beginnens. Du wirst dabei dem wahren Götterlichten und von mir Gesegneten gewissenhaft den Vorzug geben. Denke das ist würdig, recht und schön und bedanke dich in Gottes Namen für das Gute das er dir erschuf. Erweise dich als einer der das Ganze regelrecht versteht und dessen Aktionen unfehlbar in eine, Meine münden von allherrlicher Gediegenheit und Weisheit, Wirksamkeit und Eleganz in Meinem universenhoch gespannten Bogen.

5.8

Meister denken anders als Gesellen, Bärtigen zwickts stets an ihrem Kinn und Zuversichtliche sind jene, die das Herzblut an der rechten Stelle haben. Sie alle sind zutiefst im reinen Sein begriffen, mit dem Ich sie durchleuchte und durchweb und das ihr

Wesens Kleinod ist, Kaprize und Solar. Bescheiden lächelnd stellen sie sich auf den Standpunkt, dass sie im reinen Sein die Fülle aller Dinge, Wesen und Erwartungen gefunden haben, in der vollen Blüte ihres Höhwärtsstrebens. Nun ist diese frohe Botschaft auch zu dir gelangt in deinen Erdentagen und will dich dazu mahnen, dieser Ehre, Sendung, Rarität und silberhellen Festlichkeit bewusst zu werden. Doch sieh in allem Ernst, auch du bist zweifellos in dieses blühende Spektakel einbezogen und darfst dich sonnen in dem Spruch: Meine Weisheit ist vergöttlicht worden durch Den der in Mir wohnt und jene Sonderheiten wirkt, die Ich Mir niemals zugetraut und ausbedungen hätte.

Du Bist was es in der Gelehrtensprache gar nicht geben kann, weil sie der Ansicht sind, dass nur Verstandesmässiges und Präsentables existieren kann im himmelweiten Weltenpool. Das macht sie zu Experten in der Kunst die Lage aller Dinge zu erklären und ihren Anfang wie ihr Ende unwiderruflich auf's Tapet zu bringen. Ich lächle Mir ins Fäustchen über ihr Verhalten, das nicht blinder, minder, unverfrorener und unvergorener sein könnte in der Weltenwahrheit lichten Saal. Denn Mein Sein ist ihrem Supersinnen so viel überlegen, wie schon jedes Brücklein jedem Flüsschen überlegen ist, geschweige denn das Geistes-All das sich in alles einfügt was da *ist* und bis hinauf ins Unermessliche und Unnennbare seine sakrosankten Wunderkreise zieht.

5.9
„Trautes Schätzchen trag nicht Leid", singen die Studenten und verführen manche hübsche Maid ohne viel dabei zu denken. Das aber kann es bei Mir nimmer geben, weil Ich der einzig Wahre Bin so wie die eine, reine Weltenseele, die sich allem was

da *ist* vermählt zu Meiner wie zu ihrer Wonne im glückseligen Relieve. Was du dir erhofft hast, ist begeisternd eingetreten, was dich fürderhin fürs Leben tüchtig macht und stählt, sind Meine unterweisenden Gebärden, seelenvoll und heiter vorgetragen.

Du bist für Mich geschaffen und dazu bestimmt, ein Heiler und bemerkenswerter Heiliger zu werden. Nur diese können ungeniert in Meinem Hause aus- und eingehn, weil sie etwas wie den Schlüsselbund zum Königreich der reinen Geister mit unendlichem Geschick für sich errungen haben. Wachse du in Meiner Sonne wie in Meinem ewig räsonablen Schatten frohgemut zu Mir empor und zögere nicht, dich als Gesandter und Verbündeter der Weltengottheit zu auszuweisen.

Sprichst du, so bewegen Meine seinslebendigen Gedanken dein beseeltes Lippenpaar; verharrst du tief beglückt im Schweigen, Bin Ich dabei dein Ratschlag und Vereinen, dein Vertrauter und Geliebter in der Kunst zu *sein* und damit allen Weltendingen zu gehören.

Bist du rein so heisst das, dass dir in Mir nichts und zugleich alles angehört und dass du mitfährst und die Weltenreise mit Mir wunderbarerweis und ungeniert geniessest. Daraus ergibt sich Meine Botschaft: Ich allein Bin weise, seinsgerecht und wahr in allen Dingen die da vor dir ausgebreitet sind und ihren Charme und ihre Seligkeit verbeiten. In diesem Meinem Milieu allein ist es gegeben, bodenständig und fürs Ewige gesichert dazustehn und dich als Phänomen der Seinsgelassenheit und Harmonie zu fühlen.

5.10

Scharfmacher sein ist nicht besonders schwierig, aber anspruchsvoll, schweisstreibend und zugleich beglückend ist es, dich in Meinen Räumen aufzuhalten und als aufgenommen und versiert genug zu fühlen, um in bester Seinsgesellschaft voller Zuversicht, Begeisterung und Lebensenergie fürs Zweite zu verweilen.

Wer solches leistet lässt Mein strahlend Angesicht in Liebeswonne leuchten und besiegelt damit manche auserlesene Tat.

Vernimm was Ich dir dazu explizit besage: Jede Mühe deinerseits um Menschlichkeit und mustergültiges Betragen wird in sich selber von Mir reich belohnt, weil Ich in allem Bin und Meine Sendung immer zu den Meinen trage. Lässt du Meinen Willen in dir walten, wird was immer du begonnen leuchtend licht und wunderschön. Es offenbart die Liebe die Ich zu dir hege und bezeugt die Kräfte die voll Eifer und Entschiedeheit, Abgeklärtheit und Rendite hinter allem stehn.

Das ist nun die wohlbemessene Bescherung, die Ich Meinen Treuen ohne weiteres gewähre, wenn sie nur durch dick und dünn an Meiner grünen, kühnen Seite durch die Zeiten fürbas gehn.

Nun will Ich froh zum Angelus dir läuten und dich führen in den Raum der stillen Heiterkeit des Herzens, wo die Freude Urständ feiert und die feierliche Herzbeweglichkeit sich da- und dorthin wendet um den Gruss der Freundschaft liebreich zu versenden.

Ambitiös und zugleich wohlgestaltig sind die Dinge Meines Schaffens in der Welt wie auch an ihrer Seinsgestalt in überirdischen Belangen. Da ist noch viel Erbauliches und Ausgezeichnetes zu leisten auf der Ebene der Seinsbewusstheit in den Meistersphären. Zum guten Ende müssen alle dem gesegneten und vielbewunderten, erhabenen und beseligenden Gottesreiche angehören, dessen Promovator und Beglaubigter Ich Bin und in welchem alle herzlichen Gemüter ihren wohlverdienten Lohn und fabelhaften Ausgleich finden. Dort wie hier herrscht wunderbare Ruh und Meine Kunst und Gunst des Seinsverwandelns lässt die Sein-Gewordenen in Mir für immer ihre Wohlgeborgenheit, Gerechtigkeit und ihren Herzensfrieden finden.

5.11

Wer denkt schon an das Himmelreich, wo er doch glaubt, das seine hier und jetzt zu finden in der weltlichen Allüre die nicht trügerischer sein und singen könnte in den all so virulenten Weltentagen. Nötig sind sie doch als Atelier des Lernens, der moralischen Ertüchtigung wie des Sich-Freuens am Erfolg des Sich-Bemühens um Wahrhaftigkeit und liebevolles Glückverströmen.

Genauso nötig aber ist das unablässige Erkunden dessen, was nicht offensichtlich in die Augen sticht, denn es rundet deines Weltbilds majestätische Dimensionen ab und schenkt dir Ausgewogenheit und Seelenstärke, Übersicht, Gelassenheit und Frieden. Wurmt dich etwas, kann Ich dir dazu den Schutzschild bieten; nützt dich etwas ab, so schaffe Ich Regeneration und neuen Mut zum Weitermachen im gewohnten Resümee und Stil.

Opferst du dein ganzes Tun und Lassen einer einzigartigen Idee, so biete Ich dir überragende und wirkungsvolle Unterstützung dazu an; das wirst du unbedingt erfahren und dich innig daran freuen können. Von Meiner Warte aus gesehn ist es ein wunderbar ergreifendes Geständnis reiner Liebe, wenn die hilfsbereiten und entschlossenen Gemüter tätig Hand anlegen sei's bei Katastrophen, sei's bei stillen, hochwillkommnen Aktionen die den Bedürftigen unmittelbar zum Leibe und zum Herzen gehn.

Kannst du dich von dem bewegen lassen, was den Menschen Not tut und sie dankbar das empfangen lässt was sie von dir geschenkt bekommen, Bin auch Ich gerührt, weil Mich die Herzensgründe ganz persönlich auch betreffen. Deine Herzenswahl ist stets die Meinige gewesen und das Lied das du gesungen hat in Meinem Innern auch getönt. Mehr als du nur ahnst bist du von Mir und Meiner Zärtlichkeit umschlungen und darfst dich in dem Gottesreich aufs Allerfreundlichste geborgen sehn. Meine Liebe ist der Deinen ohne jeden Unterschied verwandt und kann nur die zutiefst Bedürftigen meinen die Mir wie dir am Allernächsten stehn.

5.12

Hoch verehrt und wieder ganz von dir vergessen muss Ich Mich in Meinem Reiche fühlen, wenn Ich die vielen schwankenden Gemüter auf dem Erdkreis seh. Sie ins Gläubige, Stabile, Trauliche und Gütige zu kehren eile Ich von Aktion zu Aktion um sie in ihrer Einsicht zu bestärken und ihr Tun zu schützen Zug um Zug in göttlicher Gewähr. Beugst du dich den sanfte in dein Herz gesprochnen Regeln Meiner Zunft, so ist es für Mich eine wahre Wonne königlich bei dir zu weilen als Gespan, Vermittler alles Guten und Beglaubiger der Qualitäten, die von Meiner Seite ständig in dich strömen. Du hast es in der Hand, mit dem was Ich dir pausenlos vergebe Ausserordentliches zu bewirken und der Welt Impulse zu verleihen von erlesner Schönheit und Gelassenheit, Liebenswürdigkeit und Loyalität dem Schöpfer gegenüber. Es gibt die Ordnung, die Ich von den Höhn herab in deinem Reich erstrebe, es existieren Meine Kräfte, Diener und Gewalten, welche fähig sind die Fronten fortgesetzter Unvernunft, Treulosigkeit und Geilheit aufzubrechen, um Meiner Anmut Stärke und den

Wohlklang Meines segenspendenden Vorübergangs in dir zu etablieren. Weide dich an dem was von Mir kommt und sei ein Rüstiger, Verwandelter und Sagenhafter in dem Mass wie Ich es dir aufs Intensivste anempfohlen.
Ich spreche dich aus einem Reich der Seinsgeselligkeit und wunderbaren Einheit aller handelnden Gemüter an in dem du hochwillkommen bist, wenn du dich dazu aufraffst es durch Tugendhaftigkeit, Verehrung, Dankbarkeit und Menschenwürde zu betreten. Einfach ist was sein soll zu erklären, doch äusserst anspruchsvoll es treulich auszuführen in des Alltags Lirum Larum und laszivem Solala. All dies soll dich jedoch nicht dem Götterlichten und Gewinnenden entfremden, sondern dein Dich-vor-dir-selbst-Bewähren stärken und dich damit unbedingt zur Wohlfahrt der Gerechten und Erhabenen, Geretteten und Glückseligen führen.

5.13
Durchlässig und vom schönsten Himmelslicht beschienen sind die Grenzen zwischen dem was du dir bist und dem was Ich im besten Sinn der Worte „ausgezeichnet, liebenswert und friedevoll" vor dir vertrete. Du benimmst dich immer noch wie einer der vollkommen blind durchs liebelange Leben tappt und dabei an aberviele Ecken, Kanten und perfide Hindernisse stösst, die ihm ungemein zu schaffen machen in der Lebenstage Brausen. Wenn Ich dich nun lebhaft und gedankenfroh in Kenntnis setze über deines Schreitens Pflichten und beförderliche Argumente ist es so als ob Ich dir die Augen öffnete für eine neue Art und Weise in die Welt zu gucken und das Leben darin regelrecht und tüchtig zu bestehn.

In dieser Sparte Bin Ich ganz besonders gut bewandert, denn die Kräfte und der Wille den Ich in sie lege zeitigt Millionen und verschränkt sie seelenvoll und lukrativ mit dem was Ich Mir Bin in den Rängen steter Heiterkeit und Ruhe, Abgeklärtheit und sensibler Wonne im Geniessen Meines universenweiten Ruhms.

5.14
Setze dich im Geiste lauschend vor Mich hin und vernimm den liebevollen Sermon den Ich extra für dich vorbereitet habe. Wesentliches hab Ich dir zu sagen, das heisst dein ganzes Sein betreffend, deine Welt im Diesseits, Jenseits, Hier und Jetzt und Früher, Später und so fort und fort in alle Ewigkeiten. Als Individuum geistiger Natur, das du dir Bist, kannst du nicht sterben, kannst du niemals untergehn. Als Sein vom Sein bist du unweigerlich ans Leben an sich angeschlossen. Deine Ansicht von dir führt dich von Erlebnis zu Erlebnis, von himmlischen Gefühlen bis hinunter in erbarmunslose Widrigkeiten. Alles was dich so betrifft ist dazu angetan dein wachendes Bewusstsein Stuf um Stufe höhwärts und schlussendlich zum Erkennen deiner wahren Individualität zu führen.

Diese jedoch ist von Eigenständigkeit, sublimem Seinserkennen und Gedankenfülle ein Juwel. Du brauchst dich nur dem was du wirklich Bist ganz hinzugeben, dann fühlst du dich auf einmal in dir selbst sowie im Weltenall aufs Trefflichste geborgen. Du ermittelst deine Lage als unendlich kostbar, zukunftsträchtig, eigenständig und zugleich ans Allgemeine, Weltenschaffende aufs Wunderbarste und Intimste angeschlossen. Das jedoch Bin Ich der weise wissende und allbehütende, kraftvolle Vater aller Dinge, der das von ihm Geschaffene niemals verlassen kann, weil er es selber *ist* und bleibt in allen Welt- und Götterregionen. Was kann dich glücklicher und unbesorgter als gerade diese Nachricht hinterlassen, frag Ich dich Mein Lieber, Meine Liebe und erhebe dich damit in Meine Sphären wonnevoller Seinsgerechtigkeit, Erhabenheit und Harmonie. Du Bist genau das was Ich Bin und darfst es ewig, unverletzlich und aufs Äusserste verlässlich bleiben.

5.15
Wacker und gediegen will Ich dich in Meinen starken Armen sehn um dich in ihnen bis ans Ende Meiner wie auch deiner Wunderwelt zu tragen. Kein Geistesinselchen ist dann zu klein, um nicht von irgendwem gesichtet und aufs Wohlbekömmlichste bewohnt zu werden. Was Ich indes bewohne ist des Alls noch bis ins letzte Detail auserlesene, beflügelte und sich verschwebende Struktur. Was Ich Mir universenkräftig Bin ist mit dem scintillierenden Symbol für grandiose Grösse, Seinserhabenheit, Effizienz und Willkraft auszuzeichnen. Ich Bin allüberall als Würdiger und Sakrosankter, Lichterstrahlender und Majestätischer vertreten und behüte was Ich Bin mit überragender Bewusstheit, Seinsgesellichkeit und selbstverständlich in die Himmelweiten sich verströmendem Genie. Allbeglückende Systeme gleiten selbstbewusst durch Mein Befinden und befeuern ihre Räumlichkeit mit sonnenhellem makellosem, ewigen Sich-Verstrahlen.
 Nicht zuviel ist es, das Wirken Meiner geistgesegneten Gesandten göttergleich und absolut, seraphisch, seinsgerecht und seelenvoll zu nennen. Sie wallen auf und wallen nieder mit dem Sinn den sie verbreiten und erfüllen ihres Seins bewusste Strategie mit Leben, Licht und exquisiter Schönheit

zirkulierend auf den weitgedehnten Bögen ihrer sich versausenden Struktur.

Derweil Bin Ich befähigt alles was da *ist* in Mir beschlossen und aufs Zärtlichste und Liebenswerteste, Vertrauteste und Wonnevollste hinterlegt, gesammelt und zur Universenblüte aufgebauscht zu sehn. Noch immer halte Ich das offenbarte wie das immanete Sein in liebevollen Geisteshänden und verwöhne Mich darin in wachem Ruhn wie in der seligen Erquickung die Ich darob ewiglich, natürlich, königlich und wesenhaft empfinde.

5.16

Selig wer sich selig nennen darf aus tiefen Herzensgründen wie aus der Vereinigung mit Mir dem Alles-Spender und Gelehrtem aller Zeiten im unerhörten Weltgewoge. Du bist gewappnet und gestählt für alles was da kommen mag und deinem Auge schrecklich scheinen könnte. Doch du siedelst dich gelassen in der noch so widerlichen Landschaft an und erklärst dich als gefeit und wohlgeborgen überall wo's andre kratzt und quält und ihre Tage schwer belastet sind mit mannigfachen Sorgen. Wie kann sich das zusammenreimen frägt sich der Beschauer dieser Wüsteneien? Da kommt ihm akkurat von Mir die rechte Antwort zu die lautet, durch Jahrtausende getragen: Im Herrn der Welten lässt sich alles trefflich an; die Sicht auf seine Schöpferkraft und Herzensgüte wandelt das Bewusstsein in der ärgsten Not in das willkommene Gewoge eines Freudenmeers. Du darfst dich wonnevoll und seinserhaben in ihm baden und die Stärke deiner Überzeugung spielen lassen, dass du Bist und dass noch jede Unbill von dir weichen muss und sei's im allerletzten dräuendsten Momente.

Nur wenige sind schon zu solcher Überzeugung fähig und gediehen; doch in der Zeiten Lauf und

Ligatur ist, dass es Myriaden sind, allgöttlich vorgesehen. Ich Bin nicht schizophren und schaffe Welten und Geschöpfe von unübertroffner Anmut und Gefälligkeit um sie dann dem Verderben preiszugeben.

Alles Übel kommt von innen her, das heisst von dem Verluste an Vertrauen und Verbindlichkeit mit Mir, von denen viele wie von einer Seuche durch und durch befallen sind. Diese zu bekämpfen trete Ich voll Mut und Überzeugung an, gegürtet mit dem Schwert der Unerbittlichkeit der Wirrnis gegenüber und gekrönt mit der gottseligen Verheissung paradiesischer Gefilde, Gärten und Unendlichkeiten.

5.17
Richtungweisende Gewinste aller Art sind dem beschieden der noch Vertrauen haben kann in den der *ist* wie in die Weiten seiner grandiosen Dispositionen. Vor solchen lass Ich Meine Zügel gütlich fahren und verleihe ihnen Lebenskraft und Freude nach dem Mass und Mute ihres seelenvollen Glaubens. Willst du in diese Richtung zielen, ist hier regelrecht zu fragen? Wenn ja, verseh Ich dich mit Würde, Kraft und Seinsbesonnenheit aus Meinen vollen Schalen und überwalte dich mit Vatergüte und Gelassenheit des Ewigen nach Strich und Faden, wie es sich für den allmächtigen und überragenden Gebieter aller Klassen auch gehört.

Meine Wünsche an dich sind unendlich vielgestaltig und gewaltig, doch du erhältst zugleich mit ihnen das geheimnisvolle Rüstzeug das dich befähigt alle Meine Forderungen vollumfänglich zu erfüllen und im Zug der Seinsbegeisterung noch einen drauf zu geben.

Unter Meiner scintillierenden Ägide wirst du niemals Langeweile spüren, denn an Meiner fabelhaften Fantasie wird sich die Deine alsobald entzünden sowie du ihren Charme und Schalk und ihre Genialität erfährst.

Du kannst dir ungeniert ins Notenbüchlein schreiben welch zauberhafte Melodien Ich dir neulich vorgesungen habe durch Mein Wort und Wogen, Meine Wetterwendigkeit wie ruhige Bestimmtheit in den Disziplinen Wohlgefälligkeit am Sein und Leben, Unbesorgtheit in Bezug auf Künftiges wie Makellosigkeit im reinen Geiste universenweit gediehen.

5.18
Parksorgen kenn Ich keine, weil Ich Mich überall auf neugeschaffnen Plätzen etablieren kann in Räumen die kein Auge je gesehn. Mein strahlendes Gewissen ist so weiss wie Schnee und so beweglich wie des Bienchens Sammelwut im Blumengarten. Jede aus Mir sprossende Idee wird zu lebendigem, unsterblichem Kulturgut zu dessen faszinierender Verspieltheit Ich die allergrösste Sorge trage.

Meiner Worte Sprachfluss im beseelten Überall ist Legion und fasst die perlenden Gedanken sieggewiss in eins zusammen.

Was Ich Mir wünsche ist beim Eid für immer da, sowie es in Gedanken Mir erblühte. Was Ich im Herzen hege wärmt die Welt und umfängt sie mit der Anmut Meiner götterlichten Züge. Bist du mit Mir einig, wirst du ganz dieselben meisterlichen Dinge tun und nimmer ruhen bis sie ihre äusserste Vollendung und Gediegenheit gefunden haben. In Sachen Grossmut und Entschiedenheit, verspielter Fantasie und Sylphenleichtigkeit lass Ich Mich niemals lumpen und verteile Meine blendenden Gedanken allweit kreuz und quer. Hast du das zutiefst erfahren fällt dich zweifellos ein unerhörtes Staunen an ob so viel Einfallsreichtum, Wagemut und Disziplin. Denn alles muss sich Fug um Fuge trefflich fügen zum Befund den Mir die schaffensfrohen Geister ständig und inständig rapportieren. Ich zweifle nicht an ihrer Redlichkeit und Klarsicht und bin stets des Lobes voll ob ihrem tadellosen Seinsverhalten.

Du bist dazu berufen ihrem Schritt und Schnitt aufs Mal zu folgen und im selben Zug selbander mit Mir Werte zu erschaffen deren Reiz sich hemmungslos und faszinierend ins Unendlich verströmt.

5.19
Dein Konterfei zu suchen gehst du ständig aus und findest es in Mir dem allumfassenden Erschaffer und Gebieter aller Dinge die da *sind* und ihres Daseins sich zutiefst erfreuen. Einer muss ja alles wissen, sonst könnte er nicht sein. Seine Fahne muss er hissen und du wirst dabei so winzig klein. Willst du ständig dein Bedeuten sich markant vermehren sehn, lass dich nur von Mir belehren durch die Sterne die im Raum bedächtig ihres Weges gehn. Deines Sinnens Züge sind es, die dich stets verändern, höheren Gefilden zu wo du Meiner dich versiehst im Seins-Erkennen.

Nie warst du näher bei der Brücke zur Allherrlichkeit als gerade jetzt wo dich die Seelenglocken liebevoll beläuten.

Die Zeit ist nicht reell, weil Ich sie zusammen mit dem Raum erschaffen habe. Ich aber Bin und bin seit eh und je dabei, das Ewige zu erleben. Kein Fürst im Weltenanger kann sich solchen Reichtums rühmen wie er Mir beschieden, denn der Meine schafft sich pausenlos aus unermessnem Quellgrund an und kann so nimmermehr versiegen.

Warst du eben noch mit alledem gesegnet, was die Menschen als das Nonplusultra der Gediegenheit und des Erfolgs bezeichnen, kann es dir mit einem Schlag und Fall im Nu genommen werden, derweil Ich auf das Meine für Äonen zählen kann als unverwüstlich, in sich selber kreativ und der ewigen Glückseligkeit verschrieben.

5.20
Wie komm Ich wohl zurecht, muss sich so mancher fragen in des langen Lebens Trauerarsenal? Da kann Ich seiner Geistigkeit die ewige Ruhe vor das Antlitz zählen, denn im Unendlichen herrscht weder Not noch Pein für den der rein und lauter seine Lebenspflicht getan um Mir und Meinem Anhang zu genügen. Vollzählig wird das Heer der Seinsverständigen erst in urfernen Zeiten sein, weil noch allzu viele nicht begreifen wollen worum es in des Lebens Schick und Schande wirklich geht, vom Übersinnlichen gesehn.

Das Seinsverständnis wird enorm gefördert, wenn nur ganz wenig Worte dafür stehn. Und diese heissen schlicht und einfach, traditionsgemäss und liebevoll: *Ich Bin* und nie genug kannst du sie meditierend wiederholen um mählich ihren ganzen Tiefsinn auszuloten.

Gib dich nicht für alles her, doch umso inniger und feingefühlter Mir und Meinen seinslebendigen Bezügen. Du wirst dabei ein immer grösseres Verständnis dessen was du Bist erlangen, und was gibt es Überragenderes als die Seinserkenntnis, die die Herzen mit Mir einigt und das Weltensein zu einem Garten reiner Liebe stilisiert.

Was dir auch noch so viel bedeutete im holden Lebensstil zählt im Vergleich mit dem was Ich dir biete nicht mehr viel. Es soll dir nämlich wie entzückende Musik in beide Ohren klingen was es heisst ein wahrer Mensch und zugleich auch ein veritabler Gott zu sein in der Geschichte allen irdischen wie geisterfüllten Lebens. Du kommst nicht umhin deines Seinsbewusstseins Sinn und Süsse, Qualität, Kapazität und Würde über alles zu begreifen und zu schätzen als das Nonplusultra das du sein kannst in des Universums aberweitem und beglaubigten Dekor. In diesem Kontext siehst du dich verschwindend klein und zugleich abergross ins Kosmische gegossen, was da heisst ins Einigsein mit dem allgöttlichen so liebeszärtlichen, beglückenden und dich durchwebenden Empfinden Meiner Gegenwart in dir wie im wunderbar gesegneten und gütestrahlenden Allhier.

5.21

Seinspräsenz und rundherum geführte Tapferkeit sollst du von Mir zu kennen und zu schätzen wissen um auch rundherum zu reüssieren in der Überwindung deiner Selbstgefälligkeiten. Eines soll dir klar sein: Du bist noch lange nicht am Ziel von deiner Wanderschaft durch aberviele Daseinsregionen, menschliche Geburten, Stürze und Erhabenheiten. Alle deine Leben dienen der Verfeinerung und Sublimierung des Geschmacks an guten Sitten, die hinwiederum dein Weltgefühl verändern zum Empfinden einer Einheit ohnegleichen unter allen Menschheitsgliedern. Das erklärt sich nur aus der Erkenntnis der so sehr verborgenen und scheuen allerletzten Gründe, die sich vorderhand allein dem Seher offenbaren. Seine Vision entdeckt den Seinsgedanken, der da aussagt: Alles ist demselben Seinsbewusstsein unterworfen und entfaltet sich nach allgemein verbindlichen Prinzipien die allesamt zum selben Ich gehören, nämlich Meinem in der höchsten

Gottgefälligkeit, Allwürde wie dem einen, alles überragenden und seinsgerechten Stil.

Du magst noch lange an dem kleinen, ganz persönlichen und eigensinnigen Ichlein nagen, das dir eigen ist von Mir. Doch das grandiose Gottestümliche steckt schon in allen deinen Fibern und führt dich unentwegt hinan zu deinen, respektive Meinen, Höhen, die sich wie Hochgebirge durch gigantsche Geisteshorizonte ziehn. Deine Herrschaft ist in Mir gegeben, das Befolgen Meiner kühnen Pläne macht dich gross und keusch, koscher und vertrauenswürdig bis zum Gehtnichtmehr. Das ist dann der Ansatz für dich deine nächste Höhenstufe zu bemeistern und Mir in deinem gotteswürdigen Gehaben nah zu kommen in den Disziplinen: Verlässlichkeit und Menschenliebe, Hochgemutheit allem irdisch anspruchsvollen Gegenüber sowie Sehnsucht nach den himmlischen Gefilden die für die Meisten noch weit weg und unerreichbar scheinend in den Sternen stehn.

5.22
Die Seligkeit des Himmels ist dir greifbar nah, sowie du dich dazu entschlossen hast Mir allein und Meinen Geistesregionen radikal zu dienen. Gewissenhafte schaffen es konstant und liebreich auf der Fährte Meiner Forderungen fortzuschreiten, ohne nach Erleichterungen und Bequemlichkeiten, Tand und Flitterwerk zu schielen. Mein Joch ist süss steht schon in den betagtesten von Meinen Schriften fett gedruckt geschrieben. Bewahre dich dem Herrn, sag Ich dir frei heraus und du bist blitzmodern als Vollbringer einer zukunftsträchtigen und prächtig wirkenden Alternative, wobei dich schon ihr Saum zutiefst beglückt in deinem Seinserfahren.

Lass es dir gut sein, immer engagierter und bewusster jene Ziele zu verfolgen, die dir wirklich etwas bringen von der Kraft der geistigen Potenzen wie vom Seelenadel den die Wachgewordenen um sich verströmen. Sie teilen dir konkret und unablässig mit, was sich geziemt in Meinen Gauen und was dich inniglich statt äusserlich befriedigt in der langgedehnten Lebenslitanei.

Schreite machtvoll und gehörig aus auf Meinen Wegen göttlicher Vernunft und gottbegnadeten Agierens. Sie gereichen dir unmittelbar zum Heil und zur solventen Freude über das Gelingen dessen, was du dir guten Mutes und von Mir gestärkten Willens vorgenommen hast. Zwar ist es kein Schleck mit Mir und Meiner sittenstrengen Körperschaft zu kooptieren, doch wenn du's dazu schaffst, erfüllt dich eine Seligkeit von rosenduftendem Arom und von der Qualität der himmlischen Gerechtigkeit an seinen treu gewordnen Bürgen.

Du bist geboren um im Lichte strahlender Allherrlichkeiten wieder heimzugehn; dein Leben soll im Bündnis mit dem Herrn der Welt geschehn und dir ein Anlass sein dabei in allen wesentlichen Punkten geistiger Natur aufs Trefflichste zu reüssieren. Damit wirst du als ein Vorbild klassischer Manierlichkeit, Methodik und Erfülltheit vor dem Menschenvolk bewundernswert bestehn.

5.23

Glaubhaft bist du nur soweit *Ich* dabei im Spiele bin in deinen weitverzweigten Äusserungen und aufs Prächtigste von dir gepflegten Leidenschäftchen. Des langen und des breiten will Ich dir erklären was es braucht um nach so vielverzweigten Irrungen mählich doch zu Mir zurückzufinden in des Vaterhauses Liebesgarten. Als ein wohlgepflegter

Mutterboden für des Gottes Keimlinge und seinslebendige Saaten sollst du dich betrachten, welche früher oder später voll zur Blüte auferstehn. Reife runde Geistesfrüchte sollen Meine Worte in dir tragen, die dein Seinsbewusstsein nähren allsolange bis es sich als Ich der Welt erkennt, indem sich, was da *ist,* vereint und liebt und glücklich ist in wundervoller Harmonie.

Ich spreche hier gerade auch von dir den Ich wie alle ohne Unterschied zu Meinen Geistesbrüdern zähle und der dazu berufen ist im Milieu von Gottes Herrlichkeit zu wohnen um mit seiner Einsicht der Gemeinschaft der Verklärten neuen Schub und wunderbare Heilkraft zu verleihen. Machst du dich denn würdig von Mir auserwählt und als Mein gotteswürdiger Vertreter von Mir eingesetzt zu werden, das ist hier die Frage? Nur dein starker Wille und die Tat zum wahrhaft Guten führen dich zu Mir hinan und lassen über deinem Haupt den Segen Gottes fliessen. Deine Geistesschritte machen dich bei Mir bekannt und werden von Mir bestens honoriert mit der Erkenntnis Meiner Vatergüte, Meiner Sohnesliebe wie mit der Heiligung durch Meinen Geist der Wahrheit, der Gerechtigkeit, der Lebensliebe wie der ewigen Heiterkeit universenweit gesehn.

Traust du Meinen Worten

6.1

Traust du Meinen Worten die verehrenswerteste und würdigste, kräftigste und wunderbarste Wirkung zu, kann Ich dich von der Qual der Irrungen und Illusionen deiner Lebenswelt aufs Trefflichste erlösen. Was denkst du, was die goldenen Gesetze Mich an Zeit und Fleiss gekostet haben, bis sie mit so viel Sinn und Redlichkeit, planetarischer Bedeutung und genialem Duktus ausgestattet waren? Nimmst du sie schweigend und gelöst entgegen, entfalten Sie vor deinem Seelenangesichte ihren vollen Duft und ihre überird'sche Schönheit, um dich sowohl zu entzücken wie auch aufs Intimste zu belehren in der Stunde der Erleuchtung und gottseligen Gewähr für friedevolle Harmonie.

Du magst dich noch so sehr an irgendeinem Gegenstand der weltlichen Struktur erregt und ausgegeben haben, Ich erfülle deines Herzens Kammern mit der Grossmut des Verzeihens wie mit der Erhabenheit die alle Götterideale in sich tragen. Was Ich dir immer wieder offeriere, sind die geistigen Bezüge zu dir selber allwie zur gütespendenden Unendlichkeit in der Ich Bin und wese. Schliessest du dich dieser Sorte von Belehrung gläubig und entschieden an, so gerätst du in den Sog der allerwertesten Instruktionen, die da *sind* und sich in allen Kreisen der Allherrlichkeit im Nu verbreiten.

Wenn Ich vor dir das entfalte, was Mich bis zuinnerst freudig, vorteilhaft und wonniglich bewegt, so kannst du sicher sein, dass es auch deines Wesens Sinngedicht, Feinfühligkeit und Sehnsucht nach Relieve zutiefst berührt und dir Gewähr für geistiges Erwachen, Seelenfortschritt und beseelter Weisheit bietet. Im profanen Weltbetrieb kann diesen Werten nichts gleichgesetzt, geschweige denn Vernünftigeres zugehalten werden. Mich frierts, wenn Ich auf taube Ohren stosse doch Bin Ich tief beglückt und warm von liebevollem Mich-Verströmen, wenn sich auch nur *eines* Herzens Tore Meinem himmlisch angelegten Einfluss öffnen, das davon den allergrössten Nutzen generiert. Lausche, lausche und versuche dann dich vor dir selber auszusprechen als in weise wissender Manier, um damit der Welt sowie dem Kosmos der Unendlichkeit unschätzbare Dienste sowie allertiefst empfundne Wonne zu erweisen.

6.2
Wer inniglich um Hilfe fleht an Meinem Hofe kann sicher darauf zählen, dass er einer Botschaft von immensem Wert gewürdigt wird von Mir und Meinen Seinsgenossen, die schon in der Seligkeit Elysiens ihr Heim und ihren unbedingten Halt gefunden haben. Diese Geisteshaltung hängt damit zusammen, dass hieroben nur noch *ein* Bewusstsein existiert das Myriaden Informationen sammelt, sichtet und sortiert, um sie darauf den allerbesten Seinsvollbringern zuzuweisen. Ihre Sendung ist, den Standard des bewussten Wachseins im gesamten Menschenvolke Stuf um Stufe höhwärts zu bewegen bis es Meine Perspektive auf das Künftige, Vollendete erfüllt und seine höchsten Zweige, wie die eines Mammutbaums, bis ins Unendliche ragen.

Wie leicht ists doch zu sagen was Ich meine, wie schwierig die Gemeinde der von Mir geschaffnen Menschengeister in den Stand der Gnade am Gerechtsein zu versetzen. Wer ausflippt straft sich selbst, wer sich in den Zonen des gewissenhaften Handelns an der Welt bewegt, wird mit dem Siegel von des Gottgedankens Ehre, Seligkeit und Genialität versehn. Sein Glaube hat ihn hochgeführt, Mein Wille hat ihm Stärke und Konstanz verliehen und Meine Güte Qualität mit der Betonung auf das wachgewordene Gewissen wie das Universensein in der Gestilltheit unnachahmlich wonnevoller Geistessphären.

6.3
Wer regiert dich liebenswerte Seele, eine Welt von zuckenden Intrigen, grossgekopften Machbarkeiten und Verführungen oder eben du mit Meiner gottgefälligen Hilfe dem weitoffenen Elysium entgegen? Du schweigst, weil du nicht gern an das erinnerst wirst was dir verloren ging oder was dir immer fehlte in der Sammlung von bewundernswerten Präziosen. Es öffnet sich vor dir ein Abgrund von erschreckender und rabenschwarzer Tiefe der dich heisst hineinzustürzen statt ihm dauernd zu entfliehn. Du nennst das unbekannte, unerforschliche und über deiner Sinnkraft stehende Allwesen „GOTT" und traust dich nicht ihm nahzutreten, weil du deine kitzekleinen Sicherheiten, tosenden Geschäfte und verlockenden Amouren nicht verlassen willst in deinem Eifer weltmännisch aufzutreten oder als total verliebt zu gelten.
  Da nenn Ich dich gelind gesagt doch treffend: Tor im eignen Garten, armer Deubel auf der Suche nach dem grossen Glück am falschen Ort dort wo es nimmer ist zu finden. Demnach musst du wissend einen genialen Schwenker in der Seinsphilosophie vollziehn, die dich zum echten Ziel des Lebens führen soll aus deiner Sucht nach Müh und Nöten.
  Das Echte aber Bin Ich ganz allein mit allen Komponenten der allherrlichen Verfügbarkeit für Universenwelt und Leben. Mir hat nichts und niemand in Mein Budget und Curriculum hineinzureden. Das vertraue Ich dir gütlich an, damit du lernst dir selber besser zu vertrauen und damit

dem Allgemeinen einen wunderbaren Dienst und Vorteil zu erweisen. Traulichkeit, Ergebenheit und Seelenstärke sind die Attribute allen Seins, die zu allererst gepflegt und hochgehalten werden müssen.

Wende dich Mir zu - und eine Welt hat sich dem Rechten zugeneigt, verweile in der Schau auf was du in Mir Bist - und eines Universums Klang und Klargesichtigkeit hat sich um eines Flötentons Vorzüglichkeit und seelenvolle Lieblichkeit erhoben.

6.4

Vermeide es den Sinn zu korrumpieren den Ich dir vertrauensvoll mit auf den Lebensweg gegeben. Wo immer dich ein Schatten streift will Ich sogleich Mein Licht entsenden, um deine Reinheit zu erhalten wie um der Liebe Willen die Ich dir und aller Welt verströme. Sei dich selbst und behänge dich nicht mit so vielen Dingen die dich nur belasten statt erhöhn. Was *Ich* dir sende soll dich leichter, unbeschwerter und manierlicher machen in deinem Handeln und Die-Universenwelt-galanter-zu-Begreifen. Lass ab von kleinlichen, skurrilen Dingen die in ihrer Vielzahl bald einmal Mein fabelhaftes Licht verbauen. Dein Sinnen soll zuerst Mir gelten und erst im nachhinein dem Rest von deiner Welt die ganz natürlich die Tendenz hat, dich von Mir und Meiner alles überragenden Performance abzuziehn. Dabei verdiene Ich es, stets aufs Innigste verehrt, gelobt und als allgegenwärtig wahrgenommen und geliebt zu werden. Sowie dir das gelingt fühlst du dich als zuinnerst in den Kreis der Seinsgerechten aufgenommen, integriert, beschützt, befördert und durch Ihn herzinnig mit dem Sein verbunden.

Hier ist die Liebe über alles gross, verzeihend und vom Duft der Makellosigkeit durchzogen. Du darfst in ihr als wie in einem Königshause ruhn und ohne jede Sorge jeden Tag aufs Freundlichste und Freudigste an dir vorüberziehen lassen. Deines Herzens Hauch beginnt sich immer mehr zu fragen wie er bislang so viel Schönes und Bewundernswertes nicht erkannte und sich in alledem was gut und gütig war nicht äusserst wohl befand im würdigen Ertragen. Nun ist die Stunde wahren Heils und wunderbarer Heiligung in deinem Reich wie eine Morgensonne aufgegangen, die vermag dich mehr und mehr zuinnerst zu beglücken und dir wo du gehst und stehst aufs Beste beizustehn. Es ist dein eigentliches Ich das dir in Mir begegnet und dir absolute Seelensicherheit verleiht in deinem Deiner-Welt-Genügen.

An diesem Punkte des Dich-Mir-Vereinens im Vollenden deiner Kür vermagst du auch das Eine wie das Andere zugleich zu sein nämlich: Ein Menschen- und ein Götterwesen von erlesner Geistigkeit *und* Qualität, von irdischer Bedeutung wie von einer Seinsbewusstheit ohnegleichen in des Universums freiem Flug und gottgesegnetem glückseligen Gelage.

6.5

Grosses kann nicht von Kleinmütigen getan und ausgebildet werden. Mach dir das täglich klar und setze dich mit der Bedeutung alles Menschlichen und Kuriosen auseinander, das da dicht vor deinen Augen steht um dich zur Unbedachtheit oder liebevollen Anteilnahme zu verführen. Für Mich jedoch herrscht Klarheit und Bestimmtheit überall wo Ich die Hände mit im Spiele habe. Das Begonnene erhält sehr bald Konturen und verblüffend simple Definitionen, denen man das Geniale wie Gewissenhafte schon von weitem ansieht in der Götterlustparade die sie freudig präsentieren.

Ich bin Mir Meiner selbst bewusst so viel auch immer nötig ist um jedes noch so trickliche Problem galanterweis zu lösen. Bei den Myriaden von Verwicklungen, in die Ich mich mit freiem Sinn begebe, ist es auch ein Muss, gezielt und rasch zu handeln um dem Chaotischen zuvorzukommen auf der so wild bewegten Lebensbahn.

Wer immer Meinen Namen nennt soll sich darüber klar sein, dass er in ein geistig Etabliertes greift, dem nur mit Geistesfülle und Vertrauen, Gleichgesinntheit, Redlichkeit und Weisheit beizukommen ist. Das schenkt deinem Wohlverstand wie deinem guten Willen zum Erwachen tüchtig ein und fördert dein Bestreben ungelösten Komplikationen tüchtig auf den Grund zu gehn.

Lass es gut sein, wenn Ich dich mit Stoff für ungezählte kräftige Romane konfrontiere; denn was Ich der Welt durch dich zu rapportieren habe ist von unendlichem Bedeuten und bringt die Evolution gezielt voran in Meinem Sinne wie in Meiner Bodenständigkeit und geistgefälligen Broschur.

6.6

Was immer tonangebend ist in Meinen höchst symphonischen Verlautbarungen ist die Resonanz die Ich in Meiner eigenen Bewegtheit finde. Sie wird von allen innig wahrgenommen, welche unauslöslich an Mir hangen und ihr Weh und Bangen und erschütternd heisses Seinsverlangen tunlich mit Mir teilen. Ich werte jede Regung Meines Seinsgewissens als gewollt, gekonnt und auf das Allerbeste ausgewiesen. Auch das gehört zu Meinem Credo seit Äonen und darf von jedermann kopiert und nachgeahmt, verwendet und gespendet werden.

Totenstille herrscht nachdem Ich Meinen Sermon gütlich vorgetragen habe. Die empfänglichen Gemüter brauchen Zeit um das Gehörte zu verdauen und um sich vorzunehmen tüchtig und gewissenhaft auf seinen Sinngehalt und seine eminente Stosskraft einzugehn. Starke Kost ist was Ich hier verbreite und wunderbare Stärkung für die Seelen die für die ewige Wahrheit offen und zutiefst empfänglich sind. Bist du einer oder eine von den ausgezeichneten Verehrern und Verwertern dessen was Ich wohlgelaunt und innig in ihr Herzblut ströme? Es bedarf des guten Willens wie des feingesonnenen Gehörs um dem Gesprochenen den Tiefsinn zu entlauschen, der offen und zugleich verborgen in ihm liegt. Es sind eben mehr als blosse Worte liebevoll und heiter vor dich hingetragen. Das Transzendente offenbart sich wesenhaft in ihnen und verbindet deine Seele unvermittelt mit dem Allerhöchsten das Ich Bin und das sich dir zu Füssen legt in unnachahmlicher Grandezza, Grazie, Gutmütigkeit und Seinserhabenheit die allesamt dein Herzensglück und deine Himmelswohlfahrt, dein auserlesenes Geschick wie deine Seinsbeständigkeit besiegeln.

6.7

Wer den Meister aller Dinge schauen will der wende sich Mir zu und kehre allem so verführerischen Tand den Rücken ohne doch dem Weltgetriebe zu entfliehn. Was für Mich hier geschieht wie für dich dort ist in Meiner allpräsenten und bewussten Hemisphäre ganz genau dasselbe in der Unbestechlichkeit des grandiosen Seins in dem Ich Mich erlebe. Gerade dir soll dies Erhebende und Sakrosankte auch geschehn. Die Weltenevolution geht alle an und zieht sich ohne Unterlass durch alle Stände, Ränge, Richtungen, vereinigte Gebiete,

Kosmenweiten und Unendlichkeiten kaum bemerkt hinan zur Einzigartigkeit Elysiens in der wir jetzt schon sind und wesen.

Mein liebeswürdiges Geschöpf bist du und bist zugleich an deiner Stelle Mein Erscheinen. Du darfst dich ohne weiteres mit dem Gedanken tragen, dass deine Gegenwart als menschengöttliches Konstrukt und Phänomen betrachtet werden muss, das mählich ins Erkennen seiner selbst hineinwächst und damit den Schritt vollzieht vom kleinkariertem Ich zum überragenden Erkenner und Erfüller Meines Universums irdischer wie geistiger Natur. In dieser wunderbar erhabenen und gottgesegneten Allüre ist die Vereinigung der Myriaden Seinsgewissen in dem Einen, Meinem, liebevoll vollzogen. Es spricht aus dir wie Mir dieselbe schöne Melodie die von der heiteren Gelöstheit, Daseinswonne, Harmonie und ruhigen Gestilltheit zeugt in der wir uns im reinen Sein für alle Ewigkeit befinden.

6.8
Delegieren kannst du nichts was zwischen dir und Mir geschehen soll, geliebte Seele, denn was dich allein betrifft musst du ganz sicher auch allein betreiben. Nur dass Ich dir dabei aufs Innigste behilflich bin ist garantiert von Mir und darf dich glutvoll und unsäglich freuen. Mein langer Arm umarmt die ganze Welt mit ihren fürstlich aufgemachten Wesen. Ich erkenne Mich in ihnen und beeile Mich ihr Dasein zu veredeln und verschönen wo und wie ich immer kann in der bewundernswerten Spanne allen bürgerlichen Lebens.

Du kannst mir's glauben, dass Mein Angebot vollgeistiger Natur alle andern Exponate masslos übertrifft in seinem seelenvollen Rauschen.

Ermanne endlich dich dazu mit Mir Gefühle wahrer Tugend und Erhabenheit zu tauschen, deren Sang und Klang dich selig macht im würdigen Begreifen. Weit apart von den so steilen Wegen deiner Weltenwanderschaft zu einem unbekannten Ziel versehe Ich dich mit den fabelhaften Himmelsgütern die dir täglich, stündlich fehlen.

Lass das Lob der Güte die dich von Mir überwaltet ständig von dem Herzen über deine Lippen fliessen und verweile in der Andacht jener Zeiten, die dich völlig unbeschwert und zukunftsgläubig leben lassen.

Mir allein ist es gegeben, so bestimmt und wortreich, seinsbeseligend und seelensicher aufzutreten, denn das Ausmass Meiner Seinsressourcen ist enorm und nehmen sie auch sachte ab, so füllen sie sich ständig wieder wie der Mond sich mit dem Lichte füllt des ewig reinen, vollen Sonnenstrahls.

Mein Wesen ist dem sich aus reiner Geistkraft in das All verströmenden und allversöhnenden Lichte zu vergleichen. Du nimmst es wahr und darfst dich ihm wie Mir aufs Traulichste und Wunderwirkendste ergeben. In seiner Wirkkraft sind dein Heil und deine Heilung beschlossen und in seinem Liebesrauschen mehrt sich unerschöpflich deines Herzens Freude, Harmonie und Wohl.

6.9
Wohl dem der sich aufmacht Meine Spur zu finden, denn er wird ihr unbedingt, und sei sie noch so sinuös, zur rechten Zeit auf ihre Schliche kommen. Dass du dich bewegst ist immer noch das Wichtigste an deinem seinsgeschichtlichen Gehaben, dass du dabei munter, gläubig und gerecht bist, muss Ich dir nicht sagen. Weiterführende Ideen strömen dann von selber in dich ein, die kommen allesamt von Mir und Meinem gütestrahlenden

Beginnen und Vollenden. Was wirklich zählt sind Meine gottgesegneten Reaktionen auf dein musterhaftes oder miserables Tun. Ich erhebe oder weise schroff zurecht was du verwirklichst nach der Ansicht die Ich davon habe. Lechzt du nach Vergnügen schiebe Ich dir dort den Riegel wo es zum Zuviel wird, indem Ich dazu dein Gewissen wie mit Blei belaste, mahnend, treu und kollegial. Du brauchst nur auf die Stimme der Vernunft zu achten, die die Meine ist, um stets die Richtung auf Mein Reich und Meinen Reichtum einzuhalten. So sind deine Wege in den Meinen sicher, zukunftsträchtig, seinsloyal und gottergeben und können nie genug gelobt und als mustergültig vorgezeigt und vor das Volk gehoben werden.

Siehst du das alles ein, so ist dir schon geholfen in der Lebensnot. Du darfst dich frei und freier fühlen, Schritt um Schritt in deiner wohlgemessnen Strategie. Meine Lehre klingt und singt dir wie gottseliger Balsam in die Ohren und veranlasst dich zum innigen Bedenken deines Wirkens an der Welt wie an dir selbst in deinen immer präziöser werdenden, von Mir geschenkten, Lebensjahren. Es ist des wahren Freiseins Stillung die dich lockt von Mir und ist des Seins Unendlichkeit die dich mit ihrem Glück begabt und deine guten Taten abgleicht mit unendlichem Behagen.

6.10

Gottseliges Geflüster hüllt dich ein, wenn du nur zu lauschen fähig bist in deiner all so kämpferischen Attitüde. Bedenkenlos weisst du dich auszusprechen und versiehst die Lernbegierigen mit Stoff von gestern, heute wie vom Künftigen in das sie sich vertrauensvoll begeben sollen. Und das alles ohne eigenes Dazutun, denn *Es* spricht in dir wo andre nur sich selber sprechen hören. Das macht dich recht fidel und lässt dich auch vergnügte Dinge sagen, die von einer inneren Freiheit und Verschmitztheit ohnegleichen zeugen. In dieser Perspektive wirst auch du die Welt bezaubernd, attraktiv und koscher finden genauso wie Ich es für alle immer wollte.

Du siehst den lieben langen Abend Fern, Ich aber schaue lediglich in Mich hinein und finde da die genuine Welt so wie sie in sich selber sich bewegt. Du touchierst intens was sie dir bietet und erfährst ihr Sein und Sinnen, ihren Gang und ihr Beginnen als dein Eigenwesens schaffendes Genie. Du hegst und pflegst was sich dir bietet mit Bedacht und erlaubst ihm zugleich in dir seine Eigenart zu pflegen. Das ergibt Bewegtheit sonderlich konfuser Art die du durch friedenspendende Gebärden ausgleichst und sanierst.

In allen deinen Gründen, die die Meinen sind, beginnt sich Ordnung und Gelassenheit, Vertiefheit und Vernunft zu etablieren. Die Lebensdinge fangen an sich im Konsens und in der Achtung ihrer Selbst voll Würde du bewegen. Das schafft Harmonien und beglückende Systeme, Situationen und Ereignisse die, was sie wirklich *sind* und was Ich Bin voll Eifer offenbaren.

6.11

Meiner Boten Fluidum durchzieht dein menschliches Gemüt in Hülle und Fülle und bewegt es zur Güte an dir selbst wie an der Welt die sich brandneu und ewig gestrig pausenlos um dich bewegt. Du schaffst es Ode einer Welt zu sein die sich mählich immer weiter um dich breitet tief hinab und himmelhoch hinauf in Meine abergründig ausgedachten Universenwogenei'n..

Das Freisein dominiert und divergiert in grandiosen Zirkeln wie im minikrimen menschlichen Sichum-sich-selbst-Verkreisen. Unkenntnis, Eigensinn, mentale Schwäche und Verletzung göttlicher Prinzipien führen dich ins Jenseits aller seinsstabilen und verehrenswerten Pläne für das All der Dinge, die Ich Mir zur Selbstbewunderung erschuf.

Aus eins sind zwei geworden Ich und du in deiner durchwegs illusorisch aufgemachten Seinsstruktur. Das Individuelle hat sich etabliert im Weltenbau und ist nun pflichtig sich im Allgemeinen wieder heil und friedevoll zu etablieren.

Lerne du die Welt so wie sie wirklich *ist* begreifen und füge ihr mitnichten weitern Schaden zu indem du Meiner Züge dich versiehst und Meiner altgewohnten Weise dich bedienst um neues, reines, wohlbegründetes und faszinierendes Erschaffen und Geniessen, Teilen, Heilen, Weilen und Glückseligsein zu pflegen.

6.12
Was brach liegt ist dem baldigen Verrotten preisgegeben. Nur die beflissene Bewegtheit und Entschiedenheit kann zählen für den Aufwall einer Welt von Würde, Wohlfahrt und allherrlichem Sichselbst-Genügen. Rege deine Hände für dein Wohl wie für das Wohl der Welt in der du inkarniert bist für die Weile die dir frommt in wohlbemessenen Tagen.

Wofür du dich bestimmst soll immer in die Weltgestimmtheit eingebettet sein über die Ich unbeschränkt und pausenlos verfüge. Handelst du dem allgemein Verbindlichen zuwider werden sich Probleme zeigen noch und noch, ob denen du gehalten bist zu spuren und den rechten, vor dich hingelegten Schicksalsweg, voll Würde zu beschreiten.

Suchst du Anschluss kann Ich dir dabei aufs Trefflichste behilflich sein, indem Ich Mich dir gänzlich zur Verfügung stelle. Ergreifst du die fantastische Gelegenheit mit eines Gottes Wohlfahrt und Genie liiert zu werden steht deinem Aufstieg ins Unendliche der Geistessphären nichts von Bedeutung mehr entgegen. Du bist dir selber zum Vollbringer einer Flut von Welt- und Überweltgedankengut geworden und gefällst dir in des Gottgefallens Zierde, Gnade und Bestimmtheit im gottseligen Allhier.

Was Ich dir so sende ist des Himmels Herrlichkeit und Hoheit liebelichter Strahl der deines offnen Herzens Labsal ist und Fügung, Frömmigkeit und Paternoster sonder Güte die Mein Herz für dich bewegt. Ganz Mich zu sein bist du schlussends gehalten. In Meinen Weiten aufzugehn soll dir ein unabänderliches Sehnen sein nach Meinem Rang und Namen wie nach der Königswürde die damit einhergeht in der Fülle und Beglückung wunderbarer Seligkeiten.

6.13

Wohin du immer ziehst soll auch von Mir gezogen sein in deinen Neigungen und Dispositionen. Das lässt die Lebenssache rund und runder werden und voll Glanz in der subtilen Fruchtbarkeit der Erdentage. Nehme dir nichts vor was du am Ende nicht beherrschest und worüber andere, Gewieftere die kämpferische Herrschaft breiten.

Willst du trauen, traue dir das Höchste zu was je ein Mensch sich aufgeladen und das ist: Dich selbst erkennen lernen durch des Schicksals unerschütterlich gehandeltes Begaben. Das lehrt dich deine Stärken auszuspielen die am Ende doch die Meinen sind im Reich der guten Geister und Gepflogenheiten.

Nenn es nicht Willkür, wenn Ich dich im Innersten ergreife um dir Anstand, Mut, Gelassenheit und

Menschenliebe beizubringen. Es ist der reinste Selbstbezug den Ich dabei verrichte und der dich adeln soll bis in die letzten feinsten Fasern deines wunderbar geheimnisvollen Wesens. Bald wirst du dich, von Meiner Inbrunst angeregt, bewusster und erhabener, holdseliger und resoluter fühlen. Dein Einfluss auf die Welt die dich umrundet und durchströmt wird intensiver, bis du jenen Punkt erreichst an dem du von dir sagen kannst: Ich weiss und trage Mein Bewusstsein wissend zu den Sternen die das All begründen und zugleich dem Universen-Gott aufs Allerinnigste zu huldigen haben.

Sovieles was Ich Bin macht dich unendlich gross und lässt dich seinsbewusst und siegessicher im Unendlichen dein Wesens Silberhauch verschweben. Du bist in diesem Kontext mehr als je zuvor mit Mir und Meiner gütigen Allgegenwart verbunden und darfst dich an dem Seinsgefühl das dich dabei durchrieselt und durchwebt aufs Innigste und Wohlbekömmlichste erlaben.

6.14

Deine Taten sollen immer mehr den Meinen gleichen in der seinsgeschwisterlichen Unbedingtheit die Ich stets auf's Intensivste pflege. Meide was dir fremd ist und erreiche so in sagenhafter Kleinarbeit den Status eines Seinsgerechten und Verklärten, heil und heilig, konsequent, beseligt, frisch und lichtumworben. In dieser seelenvollen Attitüde sind deine Tage nimmermehr gezählt, denn Ewiges ist nicht mit Zahlen zu vergleichen. Weder Zeit noch Ort erwarten dich in der Unendlichkeit der Sphären die Ich deinem Seinsbewusstsein huldreich zur Verfügung stelle.

Du bist gehalten zugleich frei und voll an Mich gebunden zu agieren. Das kann nur geschehn indem du Mich Bist der Ich diese wunderbaren Eigenschaften al dente in Mir trage. Werbe nicht, doch sei, dann wirst du zweifellos von jedermann auf's Schicklichste umworben. Auch für dich ist es bezaubernd schön als der Mittelpunkt der Aberwelt zu gelten, in die Ich dein Bewusstsein zauberkräftig und galant versetze. Das macht, dass du im selben Augenblick vor dir als Pünktchen wie als Universenräumlichkeit erscheinst in namenlosem Seinsbehagen. Um Wohlfahrt und Vertrautheit mit dem Ewigen brauchst du dich in diesem Zustand nimmermehr zu sorgen. Wisse, dass es Mir wie dir gegeben ist die Weltendinge zu verwandeln eins ins andere, auf und nieder, hin und her. Sie haben sich an alles zu gewöhnen was sie *sind* und was sie an bewundernswerten Qualitäten in sich tragen.

Platz da, er kommt, sind Meine Diener immerzu am Rufen und schon beginnt der Himmel sich auf's Zärtlichste und Zierlichste, Gelassenste und Wunderschönste zu verfärben in der Morgenstille seidenweichem Stil. Darin herrschen Freude, inniges Erleben und Gewandtheit des Begreifens, dass wer *ist* zur Gilde der Unendlichen gehört die sich in voller Seinsbesonnenheit und Götterwürde ihres Dasein Sinn per se auf's Freundlichste verleihen.

6.15
Wer ein gewiefter Kapitän der Seinsbesonnenheit und Gotteswürde ist, darf sich getrost auf's weitgedehnte Meer des ewigen Lebens wagen. In diesem magst du dich an alledem versuchen was dir auf grandioser Fahrt begegnet und dich fordert. Ganz besonders in den Zeiten brausender Orkane, hohen Wellengangs in Nacht und Nebel wie vor der dräuenden Gefahr von Klippen an denen alles was du Bist urplötzlich zu zerschellen droht. Da magst

du noch so klever und versiert sein: mitten in der Wucht der Elemente muss das Deine jämmerlich versagen, wenn nicht Ich, der Allerbauer, dir zu Hilfe komme in der Seenot und vernichtenden Gefahr.

Wie auf keinen kannst du dich in den prekärsten Situationen ganz auf Mich verlassen der Ich Bin der Herr der Elemente, der Schöpfer allen Lebens und ihr Seinsbewahrer in der Zeitenflut. Das ist nun der Sinn an sich, dass sich der Eine mit dem Anders-Scheinenden zutiefst verbunden hält um es als Integral von seinem Eigenwesen auf's Entschiedenste zu fördern bis es sich als das erkennt was es in Wahrheit ist: Das Schäumchen auf dem Wellenkamm zum Licht emporgehoben, die köstliche Redoute in der Hand des Kenners wie der Leuchtstrahl auf dem Turm, der im Sich-Verkreisen Sicherheit und Wärme, Seinsgelassenheit und süsse Ruhe garantiert. An Meiner unerschütterlichen Gegenwart darf sich ein jeder innig freuen und erlaben der da will in Seligkeit und Wonne durch das Leben gehn. Ich Bin der Brunnen der die lobesamsten Wasser spendet, Bin die Auffahrt deiner sprudelnden Gedanken ins Unendliche wo sich die Menschen- wie die Gotteswege kreuzen und das Bild der auserlesensten Vereinigung ersteht die sein kann und die *ist* in den von Mir bezeugten, hocherhabenen und ihres Seins aufs Innigste bewussten Geistessphären.

6.16
Horch auf die Stimme deiner Seele Mann und Frau, Herrscher, Bettler, Ignorant und allertiefst ins Sein-Verliebter in des Erdenlebens Katarakt und aberlautem Spiel. Wessen Ich dich zeihe ist die Rücksichtslosigkeit mit der du Mich von deiner Herzenstüre fernhältst um in Saus und Braus und Undank für die Gaben Meiner Grossmut unbe-

kümmert vor dich hin zu leben. Welche Schuld du damit auf dich ladest wirst du bald nach deinem Weggang von der irdischen Brisanz, Genusssucht und Popanz direkt von Mir erfahren.

Hast du denn ganz vergessen wie es denen in die Ohren klang die dankbar waren, wenn Ich sie beglücke mit dem Herzensruf: Kommt ihr Gesegneten von Meines Vaters Glorie und Wohlfahrt, Wesensnähe und Beseligung und sehet euch im innersten Bezirk von seiner Gunst und Vatergüte wohl geborgen. So belohnt er euch für das unendliche Vertrauen das ihr zu ihm heget wie für die nie gebrochene Geduld am Gutsein in den rabiaten Erdentagen. Ihr habt in eurem wachenden Gemüt erreicht was viele kaum zu hoffen wagen, dass die Herrlichkeit des Herrn euch ganz persönlich überkommt und euch mit der Erkenntnis wunderbarer Einigkeit begabt mit allem was da *ist* und sich vom Geistigen ins Irdische erstreckt in unerhört geschmeidigen, gefälligen und wohldotierten Massen.

Das für dich Regulär-Gewordene Gutherzige, Vertrauensvolle, Dankerschütterte und Loyale wird nun vor aller Augen himmelhoch erhoben und als Vorbild der Gottinnigkeit und liebevollen Bruderschaft mit allen Wesen dargestellt. Du bist zur Erfüllung Meines alles überragenden Idols und Meisterwurfs geworden, Mensch und Herold göttlichen Genügens, Saumpfad zur Allherrlichkeit und Merkur der Vernunft auf Götterpfaden. Begeisterung am Sein ist in dich eingezogen, Wonne des Bewusstseins hat die tückischen Verwirrer ausgezählt und des Allhöchsten Flötenton durchströmt dein Herzblut in unendlich reich geschmückten seligmachenden und lichterfüllten Tagen.

6.17

Was immer tunlich ist sollst du von Mir erwarten in derselben Art und Weise wie du dich erkenntlich zeigtest gegenüber Mir dem Gütigen und Gnadenvollen, Heilenden und Heiligmachenden bis in die letzten Tage. Der Allgerechte wird dich jedoch nimmer schonen, wenn dir andere als er noch wichtiger erscheinen. Mit den andern meine Ich des Mammons Kraft und Glänzen, der Lüste tierische Verlogenheit sowie die unbegrenzte Macht mit ihren wildbewegten Zügen. Mit Meiner Hilfe müssen sie sich zähmen lassen und einmal wird dann Friede sein für dich und Mich in wunderbarer Eintracht zwischen ihnen.

In Meinem benedeiten Namen wird es dir gelingen das Gebäude der Beherrschung aller Weltenkräfte in dir aufzurichten und unter Meinem Schutz in ihm zu wohnen friedevoll, bewusst, wahrhaftig und auf's Äusserste gediegen. Du siehst die Lebensliebe sich in dir entfalten strahlenden Gewissens und unter der Ägide wahrer Menschlichkeit und Herzensgüte, beglückender Erfahrung und Erfüllung tiefgefasster Wünsche in des reinen Seins gottseliger Manier.

Was ist denn in dir vorgegangen währenddem sich dein Bewusstsein von der Welt veränderte zum Guten, Glücklichen und Selbstbewussten hin? Du hast dich Mir und Meiner fabelhaften Sinnkraft angeglichen und darfst getrost im Vorhof der unendlichen Glückseligkeit spazieren gehn. Deine Rechnung mit Mir ist aufs Trefflichste beglichen und du darfst fortan in Meines Freudenlichtes Heilkraft, liebevoller Helle, Herrlichkeit und Heiligung stehn.

6.18

Hier walten noch die Schatten von dem unermessnen Freudenlicht das Ich in alle Welt verstrahle. Dort oben strahlt es dich von Innen an in reiner Liebe, schattenlos in unermesslich zärtlicher Manier. Es hebt dich himmelan, das heisst, es erweitert dein Bewusstsein bis zum kosmischen Empfinden dessen was vorhanden ist im Geistraum den Ich meine. Sagenhafte Stille herrscht in dem wo Ich Mich hier befinde, Unerheblichkeit wo immer Ich nach unten seh. Was durch die Zeiten schimmert die Ich im Allhier verbringe ist der Lichthauch der elysischen Gefühle die Mir seligmachend, lind und liebevoll entgegenströmen.

An dieser Stelle Bin Ich im ereignisvollen Überschauen grandios. Auf die Welten schaue Ich entzückt die vor Mir waren und was immer auf Mich zukommt ist der Lebenszeiten ausserordentlich beglückendes und zartgestimmtes Wohl. Ich bade Mich in Unbeschwertheit und herzinnigem Vergnügen und eröffne aller Welt die Kunde von den Gärten der Holdseligkeit die Meines Aufenthalts zutiefst befriedende Gefährten sind im sagenhaften Umkreis Meiner selbst im Numinosen.

Wie mit den friedevollen Schwingen ungezählter Cherubine überschwebe Ich die Myriaden menschlicher Gemüter die im Geistreich wie im Irdischen sich schrittweis auf Mich zu bewegen und ermuntere sie dazu ständig und gewissenhaft, vorbildlich und zuinnerst über sich erhaben ihre allerbeste Seite auszuspielen. Ich solidarisiere Mich bewusst und heiter mit den hoffnungsvollen Scharen die da ausgezogen sind ihr Glück im Andersartigen zu suchen und führe sie gezielt dahin wo die ergiebigsten der muntern Quellen fliessen die Ich zur Beförderung der seligmachenden Prosperität und Liebenswürdigkeit, Belehrung und Erbauung aufgeschlossen habe.

All das ist die Erfüllung Meines Evangeliums vom wunderbaren Fortschritt im Bereich des geistigen Erwachens wie des seelenvollen Weilens in dem

Zustand reiner Wonne der Begnadung durch die Gottheit und ihr paradiesisch aufgemachtes Wohlverhalten.

6.19

Nimmermehr ist das Vehikel überladen mit dem du alle deine Nöte und Belastungen, Krisen und Behinderungen zu Mir bringen kannst damit Ich dich von ihnen wunderbarerweis erlöse. Mein Domizil ist wie schon immer deine Herzensgrube, Mein Recht in dir zu sein ist auf das Wort gegründet das Ich dir vor Urzeit schon vergab. Nun weisst du haargenau wo es sich schickt den Hebel tüchtig anzusetzen und vehement auf Tutti zu gehn. Niemand wird sich dir entgegenstellen sowie bekannt ist, dass du unter Meiner Graduation und unter Meinem Schutze dich entfaltest und bewegst.

Es tragen dich, es laben dich die guten Geister durch die Seelenfriedenszeiten denen du geweiht bist makellos, vertraulich und gediegen. Denn von Mir geläutet und begleitet ist das All der rationalen Dinge wie der übersinnlichen Gegebenheiten, die seit eh und je für Mich ein wunderbar beschauliches und wonnevolles Ganzes bilden. Aus dem Geist und aus dem Mut zur Tat ist es entstanden und belebt, manipuliert und graduiert sich selbst vortrefflich, schicksalhaft und weise in verschwenderischen Massen. Energien, Synergien, Eruptionen, Erhitzungen und Kühlungen in aberwilliger Bewusstheit, Unbewusstheit, Fantasie, Durchtriebenheit und Trägheit treten auf, um sich in Meiner Allgewalt und Universenpracht ein Stelldichein zu geben.

Das ist nun der Status quo der sich in immerwährender Bewegtheit und Beweglichkeit im Zuge Meiner Grazie vollzieht, anschaulich, traulich und bis ins Unermessliche verstiegen. Glanz vom

Glanze muss es sein, was so erbaulich und entzückend aus unendlich wirkungsvollen Hintergründen und Begründungen daherkommt als in Meiner Strategie und Gebefreudigkeit, Beliebtheit, Strenge und erhabenen Kultur. Es vollziehen sich Gelassenheit und Güte, Querulantentum und makellose Genialität im selben Rhythmus der Unendlichkeit den Ich entschieden und begeistert intus habe. Warmblütige sind hocherfreut über so viel lichterfülltes Sonnenstrahlen; Kaltblütigen behagt das Milieu nachtschwarzen Dunkels in welches myriadenfaches Funkeln Tradition, Erbauung und Entzücken sät.

6.20

Trost in Tränen, Ablass in der Seele und Verherrlichung im Mut des Aufrechtstehens ist das Metier das Ich seit Urzeit gnädig und gedankenvoll an dir betreibe. Nur muss ich deinerseits das innige Verlagen spüren reihenweisen Fortschritts auf der Bahn der Tausend Widerwärtigkeiten, Hemmnisse, Beanspruchungen, Anfechtungen und Verstösse. Ich warne dich bevor du in die Falle tappst die man dir tückisch ausgelegt; Ich säubere vor dir die Strassen die du zu durchschreiten hast unter Meinem wissenden Befehl. Was dir allein gehört wird selbst von Mir nicht angetastet es sei denn, dass du deines Schutzes wegen Meine Hilfe dir erflehst.

Verzettle dich nicht in bedenklichen Reaktionen sondern sei darauf erpicht die Dinge aktiv und vertrauensvoll, spontan und zuversichtlich anzugehn. Das ruft dann automatisch Meine Kräfte auf den Plan die dich bei deinen Aktionen unterstützen und sie selbander mit dir zu einem fabelhaften Ende führen.

Gewalt ist keine echte Lösung der Probleme. Nur die Überzeugung, dass in höchsten Höhen Einheit aller Wesen herrscht in Mir kann Frieden stiften dauerhaft und souverän. In grossen Lettern steht vor deinem Seelenblick geschrieben: Achte Andersartiges und einige dich zutiefst mit ihm damit die Harmonie der Welten näher kommt und sich die Menschen in ihr wohl befinden.

Ich grabe um und setze neuen Samen an um unbescholtne Unschuldsfrucht zu zeugen. Das sei auch dein Prinzip indem es von dem Meinen auf dich überspringt wie der Funke dem der Donner folgt und das Gewitter das die Saaten wachsen lässt in Myriaden.

Mein Überlegen offenbart die namenlose Überlegenheit mit der Ich alle Welt auf's Trefflichste regiere. Alles was Ich unternehme zeitigt Edelmütigkeit, holdselige Kaprizen und Bewusstseinsfelder deren frische Blüten duftend in der lichten Sonne stehn. Das Leben in Mir ist ein geistgeschaffenes Kontinuum voll Freude, Wohlfahrt und Verlässlichkeit die allesamt auf die Erfüllung absoluter Weisheit zielen. Wahres Leben ist schon immer gross und gütig, heiter, voll bewusst und liebenswert gewesen. Strebst du danach, wirst auch du es finden und hast du es gefunden strömt es von dir aus und adelt deine Welt und führt sie zur Erbaulichkeit im grünen Meiner Zeit wie zur konstanten Seelenwonne im Unendlichen der lichtgebornen Geistessphären.

Betrachter aller Weltenzeiten

7.1

Hochbedeutend und agil sollen deine Seinsgedanken sein, damit sie, von dir ausgestrahlt, die Welt beleben und beglücken, adeln und zum Seinsbewusstsein auferstehen lassen. Machst du mit so Bin Ich in der Lage dich sukzessive mit Berichten zu versehn die deinen Sachverstand erstaunen lassen und dein Weltbild so verändern und erweitern, dass vor allem Ich darin mit einem Ehrenplatz bedacht bin. Erst auf diese Weise wird gerundet und gesendet was du dir mit so viel Akribie zurechtlegst als Gedankenzimmermann und prächtiger Betrachter aller Weltenzeiten.

Wenn du den Geist nicht austreibst sondern ihm fein säuberlich das erste wie das letzte Wort erteilst in deinen vielbewunderten, bewanderten und wortgefälligen Séancen hast du grosse Chancen, dem gerecht zu werden was in Wahrheit *ist*. Das wird sich dir ergeben im weiterschreitenden Erkennen der wirklichen Verhältnisse die eben allesamt in Mein alleiniges Konzept gehören. Du bist darin so viel wie Meines Universums Abergültigkeit en miniature versehn mit allen Seinsschikanen, deren Aufbau über Milliarden sich erstreckt und, wie man sieht, in dir und deinem läppischen Verhalten noch immer in den Kinderschuhen steckt vom Universum her gesehn.

An Mir selber brauche Ich mitnichten je zu feilen oder irgendwelche Schräubchen umzudrehn, weil in Mir schon immer alles seine beste Ordnung innehatte die da heisst: Ein Nichts an Dingen sondern nur Potenz, Genie und Liebesstrahlen. Was das reine Sein betrifft kannst du bequem an einer Hand herunterzählen, denn Es west in sich seit Urgedenken in der Seligkeit des Ich-Gefühls wie in der absoluten Ruhe des Gewissens von der Kompetenz die ihm in Fülle innewohnt als gepunktet, gutgeheissen und sich selber aufs Beglückendste gewährt.

7.2
Konstruktiv und kapital soll alles was du Bist und bastelst schleunigst werden, damit kein Jota von der Schöpfungsenergie verloren geht die Ich für dich und alle Welt aufs Trefflichste verwendet habe. Nimm hin – nimm her was Ich für dich wie Mich getan und solidarisiere dich mit ihm in gleicher Weise wie es sich für Könige und Fürsten alleweil gehört.
  Gerade diese Eigenschaft ist auch Mir in hohem Mass gegeben. Sie verbindet was sonst überall verloren war und erfüllt das ewige Gesetz, dass sich die Wesen alle helfen sollen um schlussends das höchste Ziel die Einung in dem einen Miteinander aufs Vortrefflichste und Liebevollste zu erreichen. Wer dem andern hilft hilft immer auch sich selbst und schreitet fort in der Erkenntnis, dass das Brüderliche ihren Ursprung hat in Mir und dass noch in jedem Schwerenöter etwas vom Erschaffer steckt aus dem er einst in makelloser Selbstveständlichkeit geworden. Dem Geheimnis der so importanten und potenten gleichgewichtigen Substanz zwischen dir und Mir schlussendlich auf die Spur zu kommen ist für jeden veritablen Denker höchste Pflicht wie auch das innigste Verlangen. Es führt die Völker unter sich und dann vornehmlich auch mit Mir zusammen und vereinigt was sonst hoffnungslos verloren war.
  Ich ströme und verströme Mich persönlich in das Weltensein das Ich so liebevoll erschuf um es in seinem Standard zu erhalten und noch bedeutend mehr aus dem zu machen was es vordem war. Das bedingt Vertrauen, Disziplin, Hochachtung und Bewunderung vom einen zu dem anderen an

welcher Stelle des Sich-selbst-Entfaltens er auch immer steh. So auch in Meiner Hemisphäre sorge Ich für Gleichgesinntheit, Wohlbekömmlichkeit und Adaption wie auf Vereinigung in wunderbarster Harmonie, Beseligung und Meisterschaft im Wesen des Einander-Gut-Seins und sich innig, liebreich und vertrauensvoll Verstehns.

7.3
Tradition ist was Ich schon seit immer lebe und verwirkliche im Sinn der liebevollen Anteilnahme am Geschick der Wesen die Ich voll Begeisterung und Liebe Mir erschuf. Sie in ihrem Wert und ihrer Reinheit zu bewahren hab Ich stets im Sinn und um diese Absicht zu erfüllen scheue Ich kein Mittel, keinen Aufwand, keine grandiose Tat. Im Laufe von Äonen ist Mir dieses Schaffen und Gestalten, Aufziehn und Erhalten regelrecht zum Metier und zur verheissungsvollen Pflicht geworden. Ich fokussiere Mein Genie auf immer neue Details der Erschaffung von lebendigen Systemen, die sich in immer feineren, subtileren und rascher schwingenden Strukturen offenbaren. An sich sind es unendlich raffinierte Wunderwerke die bedingungslos zum Einsatz kommen, nur dass sie nicht für kriegerische Zwecke hergestellt und überall verbreitet werden.

Dabei ist es das Los des freien Über-sich-Verfügens, dass bei aller Sorgfalt des Die-Lebensdinge-rein-Erhaltens auch der Missbrauch seine Blüten treibt und so muss sich der Mensch im allgemeinen seine Finger erst verbrennen bis er gelernt hat sie zum Heil und zur Beseligung des Ganzen zu bewegen.

Was Ich hier verhandle geschieht wie eh und je am Rande Meiner ungeheuren Seinspotenz und Generosität in denen Ich voll Schöpferwonne und

Erhabenheit, Holdseligkeit und liebevollem Anstand wese. Es ist das makellose, unerschaffne, ewig heitere und formidable Sein, als das Ich Mich in namenloser Seligkeit erfühle. Meine Sehnsucht zielt dahin das Unvollkommene, Randständige und Leidende durch stete Läuterung an Mich zu ziehn, damit es ebenso wie Ich in unmissbrauchter Freiheit, satt von Liebenswürdigkeit und liebevoller Anteilnahme in Mir, an Mir und aufs Äusserste gediegen mit Mir in den Geisteshimmeln throne.

7.4

Wer ist der Vater der so lebensfrohen, tüchtigen und virulenten Wesen im Allhier? Ich, wie könnt es anders sein in Meiner Herrlichkeit und immanenten Stärke, Genialität und liebenswürdigen Bewegtheit ob dem Schicksal der von Mir geschaffnen Wesen. Ich erschaue sie in ungezählten Welten Meiner Obhut, Meines Waltens wie Meines sich ins Myriadenfache modulierenden Genies. Was Ich in allem Eifer einst begonnen, muss nach Götterart auch fachgerecht bis ins Vollendete getrieben werden. Dabei kann nicht vermieden werden, dass die Vereinzelung der Schöpfungsträger Divergenzen und Verzögerungen, Zwischenhalte wie Nachlässigkeiten generiert. Deswegen wird im Überall, von Mir verordnet, aufs Kräftigste geübt Betrübliches geziemend zu verfeinern sowie auszugleichen was noch schroff in Meine Seelenlandschaft ragt.

Auf deinem langen Weg dahin muss Ich dich fast zu jeder Stunde irgend eines kläglichen Versagens wegen ernstlich an die Pflicht gemahnen exakter, liebevoller, generöser und vergnüglicher zu sein in deiner Art das Leben aufzufassen und in allem Anstand und voll Weisheit mit ihm umzugehn. In Meinen Höhen herrschen nur die allerbesten

Qualitäten die es zu erreichen gilt auf deiner Wanderschaft dorthin. Doch einmal angekommen überschütte Ich dich mit enormer Freundlichkeit und mit dem Ausbund Meiner Liebe die Ich zu den Seinsgerechten, Wohlbewahrten, Würdigen und für den Liebeshimmel Auserwählten hege.

7.5
Ein Meisterstück an Weisheit, Seinsgerechtigkeit und Edelmut ist in dich sowie in alle Menschen dieser Zeit gegossen, damit ihr Wandel sich zu einem Vorbild von genuiner Menschlichkeit und Gotteswürde stilisiere. So etwas kannst du dir beileibe hinter beide Ohren schreiben und in deinen karg bemessnen Erdentagen danach handeln wirkungsvoll und wahr. Willst du in Sachen gut sein, gläubig und gehorsam auch nur ein einziges Lorbeerblatt für dich gewinnen so bedeutet das: du musst dich zeitig auf die eignen Füsse stellen um vor aller Welt Selbstsicherheit, Gelassenheit und Wachsamkeit zu präsentieren. Ich will dabei dein guter Vetter sein der deine Sorgen kennt und sie mit Sorgfalt überaus gekonnt in strahlende Erfolge des Dich-regelrecht-Bewährens-und-in-dir-Beruhns verwandelt. Nicht umsonst soll Ich dich als Mein liebes Kind bezeichnet und danach an dir gehandelt haben. Alle Meine glückverheissenden Prognosen sollen sich an dir und aller Welt aufs Trefflichste erfüllen, sage Ich und will es auch im tiefsten Seelengrunde meinen.

Ich trete als ein gottgesegneter Vertrauensbote Seiner Huld und Seinsversiertheit vor dich hin und verkünde Seine seinslebendige Stärke, die die Basis aller Wesen ist und sich im Menschlichen als Wohlgewandtheit, gütestrahlende Bewustheit, Lebensliebe und Verspieltheit äussert ohne dazu auch nur eine Spur von Legitimation erlangt zu haben.

Ich bin dein Herr und Gott tönt es von deinem Innern unentwegt in dein Bewusstsein und will dich zu dezentem Handeln an dir selbst wie an der Welt bewegen. Wehe dir, wenn du nicht sensibel bist für alles was Ich dir voll Inbrunst und Ergebenheit, Bestimmtheit und Gelassenheit besage. Ohne Meinen weisen Rat kannst du im Grund genommen gleich zusammenpacken und die Sendung als gescheitert und umsonst bezeichnen. Lässest du dich treulich von Mir führen darfst du nur allzubald in Meinem Zelte wohnen und dich an der Wohlgestimmtheit und Erhabenheit, Serenität und Liebenswürdigkeit der Sphären inniglich erlaben.

7.6

Keine Krisis kann so intensiv und allbeherrschend sein, dass sie nicht mit Meiner Hilfe überwunden werden könnte in den Talen reiner Hoffnung und Bewährung Jahr für Jahr. Ich setze Mich in jeder noch so delikaten Situation für jene ein die darben und die sich nicht zu helfen wissen in ihres Lebens Kauderwelsch und Solala.

Mächtig, prächtig, innovativ, verständig und galant versorge Ich derweil die Welt mit Meinen Geistesgütern und empfinde dabei haargenau was sie empfindet. Ich schaue in das Finstere von dem sie sich befreien will und lasse Mein unendlich Licht in ihre Tiefen strömen. Du merkst es nicht, du merkst es doch und willst es auch bemerken wie sich ein Etwas deinem Wesen naht, um dir unendlich sanfte und beglückende Impulse zu verleihen. Du wendest dich Mir zu, Ich wende Mich zu dir so wie sich Wirklichkeit und Spiegelbild auf Innigste begrüssen. Du aber als Mein Bild beginnst Mich besser als dich selber zu begreifen und erwiderst Mein herzinniges

Gefühl auf eklatante Weise mit derselben Inbrunst die Ich selber für dich hege. Das zeugt nun die Vereinigung nach der Ich längstens Ausschau hielt und bringt das Weltgebaren und -erfahren auf den Punkt der seligen Vollendung in dem Einen das das All umfasst, durchströmt und würdigt, meistert und versöhnt in wunderbar beseligenden Massen.

Eins zu sein mit allem sei auch aller Ziel und auf das Eine hin zu zielen sei dein ganz persönliches und aufs Intimste seinsbeglückendes Begaben.

7.7

Vollends bist du an das gebunden was Ich für dich Bin und hast es auch zu schätzen, denn ohne Meine Seinspräsenz in dir kannst du mitnichten existieren. Du gehst herum vors Publikum um deines Amtes tatenfroh zu walten und lächelst blitzgescheit und dumm um männiglich bei guter Laune zu erhalten. Und kommst du endlich bei Mir an, willst du galant wie altgewohnt mit Mir verfahren in deinem Kauderwelsch und Affront ohnegleichen. Das aber ist gerade nicht Mein Stil so masslos überladen; Ich weise dich zurück Mein schlechter Patriot zu deinem jämmerlichen Schaden.

Die Art des Feinmanns soll es sein in der du Mir begegnest und alles an dir sei blütenrein, wenn du dich unterstehst vor Meinem Antlitz zu erscheinen.

Gelingt es dir dich schönletterisch in Mein Gastbuch einzutragen will Ich dir allso gleich die Referenz erweisen die dir auch gebührt und die dich wohlbestallt und glücklich machen kann wie in deinen allerbesten Tagen. Es kommt zum Schluss was kommen muss Mein väterlich beflissner Segen der dich erlabt, mit Seligkeit begabt, die macht dich frei und hoch erhaben.

Lässest du dich vor Mir gehn ist mit Mir gar nichts anzufangen, doch das Erinnern bleibt bestehn: Für alles werde Ich dich einst belangen. Bist du Mir gut, geschieht es unter mütterlicher Hut und wird gelobt von Mir und ausgezeichnet werden. Du bist geliebt und bist ins Buch der Gottesfreunde eingetragen sowie du dich um Ehrlichkeit bemühst und um ein gottgefälliges Betragen.

7.8
Deine Wohlfahrt lässt sich nicht erkaufen, sie muss im Schweisse deines Angesichts errungen werden, sage Ich und deute damit darauf hin, dass alles seinen Preis besitzt in Meinen Breitegraden. Du sollst dich nicht verwundern, willst du näher zu mir kommen ist es unabdingbar, dass du täglich in die Herzensstille gehst um das intime Lauschen zu erlernen. Kein weltlicher Gedanke soll dich mit Beschlag belegen. Dein ganzes Hoffen soll dem Himmel zugewendet sein, indem du einfach da bist, offen ruhevollen Weilens, absichtslos und selbstvergessen. Du erkennst allmählich, dass du Bist, deine Seele weitet sich und mit ihr das Bewusstsein von dir selbst und von der Welt in der du dich als Wesen reiner Gottgefälligkeit befindest.

Das Individuelle schwindet für dich mehr und mehr und lässt dafür das Allgemeine, Weltenwesenhafte, Seinsglückselige erscheinen. Was du Bist bist du nun im unendlich Grossen und beglaubigst es, indem du dich das All umfangen siehst. Es ist ein Akt des liebevollen, hochbedeutenden Erkennens deiner selbst als Sein von allgemeiner Gültigkeit sowie vom universenweiten Geisteswesen.

7.9
Die Strategie des Hoffens, Liebens und Betonens Meiner schützenden Allgegenwart soll auch deine Mission bis zur Vollendung deines Lebens werden. Es ist ein wunderbar gefälliges Zusammenspiel der

Erdenkräfte mit den himmlischen zu konstatieren dort wo Redlichkeit und guter Wille, Solidarität und Reinheit der Gefühle herrschen. Die Menschen dieser Sorte sind noch fähig Meinem Schöpferwort gemäss und stets zu Meinem Wohlgefallen zu agieren. Auch du sollst einer sein von denen die sich zur Einsicht durchgerungen haben, dass das Einigsein mit Mir zu ihrem allerliebsten Vorteil und Gewinn gereicht in ihrem Schatten und Das-Lebenrecht-Bestehn. Niemand führt Mir etwas vor was dem Konzept für die dezente Weltenevolution zuwiderläuft, ohne dass Ich korrigierend, modulierend und begütigend in ihr Verhalten greife schicksaltriefend.

Du kannst Meinem so genialen, allumfassenden und lebensfrohen Trachten nicht entkommen, lieber Schwan auf Meiner See der Evolutionen und Entfaltungen die während multi Generationen unerschöpflich vor sich gehn.

Dein Wille zum Guten stärkt Meine Weltposition und überträgt sich auf die vielen die noch zaudernd, diskutierend und verhandelnd in der Runde stille stehn. Was du immer tust soll wie ein Steppenfeuer wirken und die Kühnheit stimulieren die in jeder Seele tief verankert auf Erfüllung wartet. Du bist von Mir gesponsert und zur allerbesten Tat getrieben in den laufenden Geschäften die durch deine Schlangenfinger gleiten.

Das Polygon der Kräfte Meiner Konvenienz und Wirkungsweise überzieht die Kontinente, Riffe und Natürlichkeiten deiner Intentionen die ans Mark von Meiner Weitsicht und Gerissenheit in Sachen Lebenskunst und Lebensfülle gehn. Du ziehst hinaus und kehrst beladen und beglückt mit neuen Idealen wieder um ihnen Form und Farbe, Lebenstüchtigkeit und Schönheit einzuhauchen. Deine Freude wird vollkommen sein, wenn du gewahrst wie sehr Ich deine Ambitionen stütze und ihnen ewige Werte und Manierlichkeiten zugestehe.

Das alles ist Mein Credo und Mein Sinnspiel, wissentlich in dich und deine Welt gelegt als Basis für Verbindlichkeit, uneigennützige Entfaltung, Weltenharmonie und makellosen Frieden.

7.10

Wachstum ist die Zierde Meines Hauses und Gelingen der geschätzte Clou von Meinen Plänen für die Welten die Ich Mir fachmännisch, überragend und gewissenhaft erschaffen habe. Soll Mir einer sagen es sei nicht überwältigend, phänomenal, kapriziös und abergenial was Ich Mir in Äonenzeiten ausgedacht und auf den Plan gerufen habe. Meiner Weisheit sind die Seinsgesetze zu verdanken die die dargebrachten Werte schützen und erhalten sollen. Was das Lebendige betrifft ist die enorme Vielfalt und Komplexität, Beweglichkeit und Raffinesse der geschaffnen Wesen zu bewundern und aufs Innigste zu loben. Meine Machart ist die Präzision des Ineinandergreifens von Myriaden Teilchen, Säften, Zirkulationen und Bedingungen, die allesamt dem reibungslosen Fortgang wie der intensiven Nutzung der vorhanden Ressourcen dienen. Es folgt die Überschwänglichkeit der massgeschneiderten Produkte die den Betrachter ratlos macht vor Staunen und Bewundern dessen was da *ist* in lobesamer Selbstverständlichkeit und minutiöser Tauglichkeit universenweit vorhanden. Das ist viel mehr als eines Menschen Geist begreifen könnte. Fängt er ganz oben an so sieht er nicht hinab ins minikrimste Teilchenarsenal, beginnt er unten fehlen ihm die nötigen Begriffe um die kosmischen Belange adäquat und peinlich aufgelistet zu beschreiben. Immer ist es Stückwerk was ihm eben noch verständig wird und erst recht muss er resignieren vor den geistgesättigten verborgenen und doch so emsig wirkenden und dominanten Himmelsregionen.

Das alles habe Ich im Griff und unter Meinem all so sanften und dem reinen Sein gehörigen Gedankenblick getan. Unter dessen Hoheit und bezaubernder Gebärde werden die Gegebenheiten ihren würdigen Fortgang und das Mass, die Wirbel wie das absolute Ruhen und In-sich-Gelöstsein finden.

7.11

Nimmer wirst du dein Gesicht verlieren sowie du inniglich erkannt hast, dass du Meins besitzest als das Traulichste von allen die da *sind* und ihre Wesenskraft versprühn. Du kommst Mir gerade recht, wenn du behauptet allem Nützlichen, das Ich von dir verlange, zu genügen. Was da noch mangelt ist unendlich viel solange du nicht einsiehst was Ich Meinerseits noch beizusteuern habe, damit dein Leben rund läuft, Elegant und wie am Schnürchen.

Das soll dich bei Gelegenheit auf Meine grüne Fährte führen deren Bilderhaftigkeit das staunende Gemüt entzückt und dir so wohltut wie noch jeder taubeglänzte Sommermorgen. So ist für jeden der da will gerade das vorhanden was ihm frommt und was ihn vorwärts bringt in Meinem Sinne, dem Unendlichen entgegen.

Hast du den Mumm dein Tagwerk und Fallaria in unaufhörlichem Gerechtsein zu verbringen, kannst du Meines Segens dazu sicher sein, wie Meines Geisteslichtes dem du inniges Vertrauen, ja dein Ein und Alles, schenken kannst im Hinblick auf das Künftige das doch so wichtig ist in deinem Leben.

Gar vieles ist dir noch verschlossen in den Räumen die Ich dir in allem Ernst bereitet habe.

Doch das eine kann dir ganz gewiss sein, dass du Mich in ihnen findest in dem Mass in welchem du Mich auch gesucht hast eifrig und verbissen, tatenträchtig und loyal.

Das wird dann eine Herzensfreude überwältigender Art für dich bedeuten, wenn du dem Grandiosen gegenüberstehst, das dich voll Wärme, Herzlichkeit und Heiterkeit empfängt um dich im Himmel der Gerechten und Verklärten, Wonnevollen und Holdseligen einzuführen.

7.12
Dem Zug des guten Willens folgt die graziöse Tat die Mir so wohl gefällt, dass Ich darob Mein allerhöchstes Wohlgefallen in dich ströme. Es kommt Mir darauf an, der so sagenhaft getreuen Dienerschar die Ehre eines Gottes zu erweisen indem Ich mir gestatte Meines Wesens Attribute in das Ihrige zu betten. Das ist nun weder fürstlich noch jovial sondern schlicht von wundersamem Liebesein durchdrungen, worein Ich Meine allergrösste Hoffnung auf Bewährung lege in der Lebensnot. Denn was du erhoffst ist alsogleich von Mir getan und was du tust ist unvermittelt Mein Vollbringen.

Besetze deine ganze Garnison mit den allerbesten Kräften die dir eigen. Sie sollen redlich dazu fähig sein dem Anpfiff wie dem Angriff aller Feinde ungesäumt zu widerstehen. Das wird einstens dazu führen, dass du deine eigne Laute klingen hörst von zarter Freundeshand geschlagen.

Was Ich je von Mir in dein Vernehmen sende ist von liebevoller Unbekümmertheit und Heiterkeit geprägt die dich vom Wesen Meiner selbst in Kenntnis setzen wollen.

Du brauchst nicht viel zu recherchieren um festzustellen wie unbedingt verlässlich, wohlgesinnt und generös Ich Bin dir gegenüber wie auch allen sehr beherzten Gottesgläubigen, mit von der Partie die im Überirdischen geliefert und geleistet wird von Mir.

Die Konklusion von der Geschichte ist, dass alle Menschen paarweis auf die Lebensbühne treten: Einerseits in eigener Regie und auf der anderen in Meiner, welche von dir als die Wesentlichere und Verbindlichere anerkannt und ausgestanden werden muss. Das führt zur wahren Schönheit, Unbesorgtheit und Gewissenhaftigkeit des Lebens und erweckt den eigentlichen Trost, die Herzensfreude und die pure Freundschaft mit dem Ewigen die alles übersteigt was du dir jemals hättest träumen lassen können.

7.13

Hast du dich Mir mit Haut und Haar verschrieben kann es für dich nichts wesentlich Bedrängendes mehr geben. Deine Rätsel lösen sich im Nu so dass du dich befreit von allen Unbotmässigkeiten und Behinderungen fühlen kannst in deines Lebens kapitalem Fluss und Stil. Es öffnet sich für dich die Perspektive des Gewahrens der Unendlichkeit mit ihren fulminanten Werten, Gütern und Gelegenheiten wunderbar gesittet und gesichert, fabulös und unbeschwert herauszukommen. Wo und wie du immer dich betätigst, lässt sich alles bestens an, weil Ich in dir dich wie am Schnürchen zur Vollendung führe.

Du brauchst dich nur wie ein geliebtes Kindchen Mir ganz hinzugeben und schon sprudeln dir die Quellen warmen Wohlgefühls Erfrischung und herzinnige Ermunterung entgegen. Dein Leben wird begeisternd, rund und schön und darf sich wahrlich sehen lassen in der Runde der so mächtig drangsalierten und geprüften Myriadenschar.

Ich weise dir Gebiete des Erforschens und Belebens, Erlebens und Erkennens zu, die sich dir bisher konsequent als weisse Flecken unerforscht und unbekannt erwiesen haben. Dein Eifer jedoch, wie der Meine, führen zur Entdeckung neuer Seinsgelegenheiten und -bedingungen, die wir noch so gern für eine gloriose Zukunft mit Beschlag belegen. Sie gestatten uns ein Leben von enormer Zuversicht und Heiterkeit zu führen, Solidarität mit allen Wesen wie holdseliger Beglückung in der Freudentage Lust und Spiel.

Du sollst nicht glauben, dass Ich übertreibe, denn das Paradiesische ist eine reine Sache des Bewusstseins wie der positiven Lebenshaltung die zusammen eine kapitale Änderung bewirken im Hinblick auf das Seinsgefühl das dich zuinnerst und zutiefst belebt. Bist du bis zum Urgrund allen Seins und Lebens vorgestossen zeigt sich dir der Punkt der maximalen Schöpferqualität und Freiheit des Agierens. Es ist dir völlig freigestellt in welche Richtung und Ranküne, Rarität und Regelmässigkeit du dich bewegen willst. Alle Wege stehn dir offen, weil es offenbar noch keine gibt, sodass sie noch geschaffen werden müssen. Tausendfach von Mir gespannte Kräfte stehen dir per se zur höchst gefälligen Verfügung und gestatten dir an dem zu Werken und zu Wirken was dir eben zufällt. Aus dieser Perspektive muss es dir gelingen die bedeutendsten, begeisterndsten und rarsten Werke wahrer Kunst und Köstlichkeit hervorzubringen. Sie sind für alle Zeiten Objekte der Bewunderung, Lobpreisung und Belohnung höchsten Ranges im Allhier wie in den Überwelten in denen du als Herold wahren Könnens mitten in der Schar der Seinsverklärten Meiner Huld, Beglückung und All-Liebe dich bewegst.

7.14

„Wohl bekomms" ist hier zu sagen und wohlig sollst du dich an Meine grüne Seite schmiegen damit sich alle deine Wünsche nach dem Mass der Seinsgerechtigkeit, All-Liebe, Gottergebenheit und Herzens-einfalt zur Vollendung stilisieren. Allsolange wie die reine Liebe dir den Zunder liefert für dein Tun, kannst du ruhig vorwärts schreiten durch die Gärten deines Seinsbewusstseins, derweil du dich an ihrem Dufte königlich erlabst. In Tat und Wahrheit ist es Mein Mich-an-die-Welt-Verströmen das dir die Atmosphäre wunderbarer Wohlgefälligkeit verschafft in der du dich voll Dankbarkeit befindest und dich rühmst den Vogel abgeschossen und das allerhöchste Ziel erreicht zu haben.

Es läuten dir die Glocken der Holdseligkeit den Herzenfrieden ein den du so lang entbehren musstest und der dich umso stärker dazu motiviert für alle die dir so begegnen ein Patron der guten Sitten und der heiteren Geselligkeit zu sein in deinem liebevollen Dich-Vergeben.

Ich sage niemals: „Mach es dir bequem", doch ist es dir in Meinen Gründen stets zuinnerst wohl was eben offenbart wie sehr dir Meine Gegenwart Glückseligkeit bereitet über deinen selbander mit Mir vollbrachten Liebestaten. Alle diese sind der Ausdruck einer Welt von allerschönster Einigkeit im Handeln wie im wohlverdienten Ruhn. Es ist die Konsequenz aus der Erkenntnis, dass die Welt der geistigen Potenzen wie der irdischen Gegebenheiten passgenau vereint ist, die sich bis ins kleinste Detail auch bedingen, ohne jeden Trugs Versuchen. Mein soll dein sein und somit deines *Meiner* Hochheit angehören zweifellos in jeder Phase des Bestehens einer Freundschaft zwischen dir und Mir von unerschütterlicher Gängigkeit und ausgezeichnetem Sich-gegenseitig-bis-zuinnerst-seelenvoll-Erlaben.

7.15

Unmittelbar an deinen Geistesakt des reinen Dich-an-Mich-Vergebens schliesse Ich den Meinen an und beglücke dich auf deiner Wanderschaft durch Zions blütenreiche Fluren. Du bist, so wie Ich seh, der Traulichste und Treueste von Meinen Brüdern in der Weltenschule die ich akkurat für dich und deinesgleichen eingerichtet habe. Forschest du nach dem alleinen Grund warum Ich dies getan so wirst du unvermittelt Meine Herzensliebe finden überall im seinsgigantischen Betriebe. Immer Bin Ich höchst erstaunt darüber wie die Liebe Meiner Provenienz sich würdevoll und tapfer durch Äonenzeiten fort und fort bewegt. Himmel, Hölle, Labsal und Verdriesslichkeiten, Stolz und tief empfundne Reue können sie nicht daran hindern einfach da und herzensgut zu sein und sich voll Verve und Inbrunst an das All der Weltendinge zu verströmen.

Was immer dir von Mir entgegenkommt kommt auch sich selbst aufs Innigste und Schicklichste entgegen. Meine Wege kreuzen sich beständig mit den Deinen und bewirken so ein wunderbar gesegnetes Verhältnis zwischen dir und Mir und Meinen tiefgefassten Ambitionen. Da erübrigt es sich, mit Vernünftelei und herrschenden Gesetzen, Etiketten und Verbindlichkeiten, Schuld und Himmelsgrazie zu kommen, denn die Urgewalten lassen sich nicht zähmen und verströmen sich vom Rinnsal, Bächlein, Fluss und amazonischer Erhabenheit ins Meer des allgemeinen Strebens wie der Einheit in der myriadenfältig farbenprächtigsten Mixtur.

Was Ich will ist dir vor Augen halten wie beweglich, unterschiedlich, fromm, brutal, entschieden, zimperlich und jovial Ich sein kann auf der Götterspur die Ich mit absoluter Folgerichtigkeit und Resistenz, Trefflichkeit und Geisteszierde innehalte. Sind auch Meine Überlegungen unendlich weitverzweigt und bis aufs Äusserste gedankenschwer, so haben sie doch Stil und sind aufs Beste dazu angetan die Welt auf ein bekömmlicheres Niveau wie auf eine holdere Befindlichkeit zu heben. Die Evolutionen sind seit Urgedenken da um allen schon erreichten Werten neue noch erfreulichere und begeisternde hinzuzufügen. Das geschieht durch eines Gottes Guss und Kuss, Variabilität und Einfalt, Grundgesetz und massenweises Liebelicht-Erblühn. Es gewährt den Seinen die ersehnte Vollbewusstheit und Entschiedenheit im Sein und Sinnen, Wahrheit künden und zum Monopol erheben, Gefährten finden und mit ihnen zum Allhöchsten streben. Du glaubst zumeist es gäbe da nichts weiter zu erreichen als die Wohlfahrt irdischer Provenienz wie das höchst plausible Brüderlich-Zusammenstehn. Doch Ich eröffne dir den Himmel delikater Gottesfreundschaft in der Erkenntnis seines Innewohnens in den Abgrundstiefen deines Wesens. Du Bist in ihm und er in dir das allumfassende Geheimnis wahren Seins und Lebens, die Brücke ins Unendliche und damit in die Lösung aller Rätselhaftigkeiten, Peinlichkeiten und Verirrungen. Du gleitest selbstbewusst und selig in die Gottnatur und empfindest dich in ihr als heil und heilig, seinsberechtigt, vollgültig und erhaben, ewig heiter und voll Grazie in die Allherrlichkeit erhoben.

7.16

Die Nagelprobe ist bei alledem von dir getreulich auszuführen wo du deinen Eigenwillen durchzusetzen trachtest, denn da gibt es bald einmal die ärgsten Pannen im an sich verehrenswerten und stabilen Seinsprofil. Hältst du dich für gut so muss dies Urteil längstens nicht für Mich und Meinen Anhang gelten. In Meinem Licht betrachtet stellt sich viel Menschliches als recht banal und burschikos heraus derweil die ewigen Werte gänzlich an ihm fehlen. Somit ist dir dringend anzuraten bei allem was du tun willst ganz zuinnerst Mich um Rat, Genehmigung und Inspiration zu fragen, denn nur so kannst du gewiss sein Vortreffliches und viel Bewundertes zu leisten.

Die Engel Meiner Güte schweben unablässig über dir und befächeln dein Gedankenspiel mit ihren Schwingen damit es spielerisch und daunenleicht erscheint in deinem, von des Gottes Hauch beglänzten menschlichen Profil. Den aufmerksamen Geistern wird dies keinenfalls entgehn, sie fühlen sich zuinnerst angesprochen und geehrt von deinem Sagen. Dir aber wird bewusst sein, dass du Gottes Kräfte und Geschick im irdischen Brimborium und Plateau hast erblühen lassen, makellos und luftig, allegorisch, musikalisch und entschieden seins-intim.

Versuche ja nicht, was von Mir kommt, zu verwässern und mit raffinierten Strichen in die Länge und die Breite aberweit hinauszuziehn. Nichts Rechtes wird daraus erspriessen, denn das Echte ist in sich genau im rechten Winkel und Gehäuse, in den genuinen Farben und Geschmäckern abgeschlossen die es so einmalig und gediegen, köstlich und begehrenswert erscheinen lassen. Untrüglich ist Mein Sinn für Schönheit, Seinsgerechtigkeit und liebevolles Styling der Figuren die aus bestem Handling und Beformen fliessen. So bist auch du nicht zum Kopierer und Verewiger des schon Geschaffenen geboren, sondern zum aus Mir entsprungenenen Verwirklicher von neuen wundervollen Schöpfungen in Meinem genialen Stil. Das zeitigt Freude und bewunderndes Bejahen deiner Werke in den Häuptern, Herzen und Gemütern der Betrachter die sich alleweil und hochbeglückt wie ins Elysium erhoben fühlen.

7.17
Eine Prinzenhochzeit zwischen dir und Mir kann nimmer schaden. Sie besiegelt die Beziehung die der Herr der Welten, der Ich Bin, mit seinen Seinsgetreuen eingegangen. Lass es auch du nicht bei dem Minimalsten das sich denken lässt bewenden, wo es um alles oder nichts geht in den grandiosen Äusserungen und Verinnerungen des erwartungsvollen Lebens. Deine Werte, wie die Chancen mehr Gewinne in Bezug auf Mich zu generieren, sind enorm. Du brauchst sie nur gehörig zu ergreifen und mit voller Kraft voranzutreiben, bis sie dir vereint mit Mir die wunderbarsten Segnungen bescheren.

Dein Leben ist kein Würfelspiel, wenn du's in eigener Regie zu dem gestaltest was es sein soll nach dem Weltenplan, den Ich voll Weisheit und Entschiedenheit, Generosität und Anteilnahme jedem Lebensschicksal überlege. Das geht so weit, dass Ich Mich ganz in deine Situation verkrieche und aus der Fülle Meiner Fähigkeiten und Ressourcen wahrhaft götterlicht in dir agiere. Was willst du mehr, geliebter Freund, geliebte Freundin als die unnachahmliche Gewissheit, dass du Bist ein Königskind der gütestrahlenden Unendlichkeit in der die Wesen alle sind und leben. Das lässt dich heiter sein forever in des Herzens gloriosen Stil wie in der Grazie des Himmels von des Gottes veritablen Wundergaben.

7.18

Alles was *Ich* anerkenne ist in sich bedeutend, majestätisch, liebenswert und überraschend grandios. Die Meister aller Zeiten sind sich einig darüber, dass das Göttliche per se in Perfektion erstrahlt und mit keinem Federstrich verbessert werden muss im Sich-Bewähren. Dieses Urteil weiss Ich auch zu schätzen, denn es bietet Mir die Ehre an, die Mir gebührt und die Ich, seinsgelassen und manierlich, würdevoll und gnädig an der Stätte Meines Thrones zu empfangen pflege.

Die Menschenvölker sollen sich wie eh und je vollkommen klar darüber sein, dass ihnen eines allgewaltigen Schöpfergottes Grazie und Güte übersteht an der es nichts zu rütteln gibt und zu bemängeln. Dass Ich vom unendlich Hohen her regiere soll sich dir erklären, wenn du konstatierst mit welcher Unerbittlichkeit sich die Gesetze der Gerechtigkeit am Sein und Leben zu erfüllen pflegen. Um so erhabne Dinge zu begreifen braucht es Einsicht in das Wesen kosmischer Beharrlichkeit, die es Mir gestattet abergrandiose Werke und Bestimmungen mit absoluter Sicherheit und Präzision, Vollkommenheit und Hochheit auszuführen. Glaubst du denn du wärest einer Tagesfliege gleich entstanden? Glaubst du immer noch, dass eines Menschen einziges Lebelang genüge um es in seiner in ihm angelegten Perfektion und Würde zu vollenden? Das Individuelle das sich in ihm darstellt braucht Äonen um in Mir sein götterstrahlendes Final zu finden. XXL-grandiose wie geringere Verkörperungen sind im Erdensein vonnöten um das wunderbar gediegen angelegte in des Menschenherzens Schoss zur vollen Blüte und zur Frucht der absoluten Seinsgediegenheit zu stilisieren; das heisst, zur überragenden Erkenntnis, dass des Menschen Ursubstanz und Wesen geistesgöttlicher Natur entspricht in vollendetem und wunderbar beglückendem und wonnevollem Seinsgenügen.

Das ist das wirkliche, wahrhaftige und alles überragende universelle Geistgebiet in dem wir alle *sind* und leben. Es ist des Freiseins Perlenschmuck an aller wahrhaft genialen Grösse der Mich ziert in allen Schöpfungen und hierarchisch ausgesandten Dienern und Propheten, Würdenträgern, Direktorien und überzeugten Seinsvollbringern Meiner Pläne. Nur in diesem Kontex wird die Universenwelt begreiflich und harmonisch, ewig juvenil und maximal erfinderisch, lebendig, genial und geistreich, heiter, licht und morgenschön.

7.19
Wo die Waage sich ins Equilibrium manöveriert ist absolute Harmonie und Seelenseligkeit, Erhabenheit und Wonne der Gerechten zu empfinden. Ich habe das für Mich getan und Bin nun voll gefeit vor aller Unbill der sich selbst zerzausenden Gesetze und Verdriesslichkeiten, die Ich scheue wie die Pest derweil Ich Meine Hände stets ins Wasser reinster Unschuld tauche.

Von Mir kannst du erlernen wie man sich im Feld der vollen Ähren mit Vortrefflichkeit ernährt und wo die reifsten Früchte dir zu Füssen fallen, deinem Wert gemäss und deiner Würde unter denen die sich Meine Gegenwart zum Vorbild ausersehen haben. Du sollst dich nur um wahrhaft grosse Dinge noch bemühen und die sind: Tief gefasste Menschlichkeit, Wohlüberlegtheit vor der Tat und helle Wachsamkeit vor deines Herzens Thron damit nichts Unbedaftes sich in seine reinen, warmen Kammern schleiche.

Wem Mein Segen frommt der setze sich hieher und empfange das von Mir Gegebene mit Ehrfurcht und bescheidenem Gemüte, damit er auch recht viel von dem begreife, was Ich in ewiger Erfahrenheit und Weisheit zum Begriff erhoben habe.

Nicht neu ist dir was Ich in deine Ohren perle, abgezählt am Kranze den die Nonnen durch die klammen Finger gleiten lassen. Alles wiederholt sich hundertmal und ist doch neu gefasst und faszinierend aufgemacht zu neuen wundervollen Zügen. Mir ist es gegeben ohne jegliches Pausieren genau so wie Ich Bin zu sein und kein Jota von der Glockenreine die Ich von Mir halte abzuweichen. Es ist die lautre Wahrheit deren Ich Mich rühme und die per se so felsenfest besteht, dass sie nicht verbogen oder abgewandelt, gängig gemacht oder gegen eine andere ausgetauscht und verniedlicht werden kann.

Kennst du das Lied vom Leierkastenmann das nie beginnt und nie zu Ende ist im Rundlauf der gelochten Karten? So sind die Plapperer die ihren eigenbrötlerischen Kram beständig wiederholen. Ich aber strahle von dem immer neu gefassten sprachlichen Juwel an dem sich ganze Völkerscharen dann begeistern und beleben, befruchten und in allerbeste Stimmung bringen lassen. Zudem Bin Ich ganz gehörig angetan von dem Gedanken, dass zwar vereinte Kräfte alles schaffen können was global vonnöten ist, derweil im kosmischen Geschehn nur einer, der Ich Bin, das Zepter führen kann um alles zu bewirken und zu regeln was da ansteht im Verlauf der Myriaden.

Klug ist nur wer einsieht, dass es sich doch lohnt sich Mir und keinem andern anzuschliessen, denn in Meinem götterlichten Dossier ist alle Macht der Welten, alle Weisheit, Kraft und Güte aufgetürmt die nötig sind um anstandslos und elegant, gebieterisch und ausgezeichnet, abgeklärt und friedevoll zu überleben.

7.20

Betriebsamkeit allein kann es nicht sein was dich zum Ziele führt im Alles- Überragen. Du benötigst absolutes Stillesein in der Provinz von Meinem Anstand, Ratschluss und Empfehlen. Das Zappelige sollst du wie von weiter Ferne und Verschwiegenheit betrachten wo es dir als überflüssig, kopflos und beklagenswert erscheint. So hoch erhoben lässest du Erbarmen zu ihm fliessen und umfängst es mit der Güte eines Herzens das da helfen will und hilft auch in der guten Tat.

Was die Solidarität bewirkt ist immer eine Wohltat für die Drangsalierten die bedeutet ihnen inniges Verbundensein statt Ausgeschlossenheit und Herzenstrost statt Ärger über so viel liebeloses Ignorieren.

Welten von Verschiedenheit im intellektuellen Sinne mögen zwei bestimmte Menschenwesen voneinander trennen. Wenn sie sich in warmer Herzlichkeit begegnen sind sie sich doch nah und können ihre Menschlichkeit aufs Köstlichste geniessen. Hinter diesen allweit ausgebreiteten Manifestationen scintilliert Mein wachendes Bewusstsein und versendet den Gedanken wie den Willen rascher Hilfe in der höchsten Not. Niemand ist von Mir im Stich gelassen, wenn er Linderung und Labsal, Beistand und Bemutterung erfleht. Ich weiss am allerbesten was dir frommt und lasse Meines Segens tief verwandelnde Gebärde über deinem wirren Haupte sich verströmen. Immerzu bist du in Dem aufs Wärmste und Beglückendste geborgen der da weiss und der weiss Gott mit dir an allen Übeln leidet die die Welt in ihrem Jammer stets bewegen. Der Geist der guten Sitten ist stets dazu angeregt sie auch zu fördern und in diesem Sinne manches Herzblut aufzurühren, dass es hilft wo viele schon verzagen und dass es Balsam der Gerechtigkeit in viele offne Wunden träufelt.

So Bin Ich mitten unter denen die voll Sehnsucht sich nach Ausgewogenheit, Relieve und Herzensruhe sehnen. Mein Einfluss ist enorm wo viele hoffnungslos verzagen wollen. Meine Stärke ist ihr Wohl und Meiner Hoffnung Hauch beflügelt ihre, dass sie wie mit voll geblähten weissen Segeln übers Meer des Lebensmutes und der Daseinsfreude ziehn.

7.21
Immer wenn du glaubst es geht nicht mehr fahre Ich mit leiser Hand dazwischen und bewege deines Herzens flimmernde Verzagtheit zu des neuen Hoffens stillgeflammter Ruh. Ich führe dich zur Stätte seligen Erwarmens an dir selbst im stillen Stübchen der Vertrautheit mit den Dingen deiner Wahl, in der Atmosphäre der Verschwiegenheit und des entzückten Lauschens auf das Unsichtbare das da *ist* und das Ich Bin im Sinn der Konsolation und des entschiedenen Erbarmens. Du traust dich aufzuatmen in der leis beseligenden Atmosphäre eines Kerzenschimmers und vertraust ihm deine Sehnsucht an nach Frieden, Harmonie und Heiterkeit die wie die reine Grazie des Himmels in dich strömen. So bist du nimmer allein, denn Meine Güte und Gelassenheit gebiert in dir Vertrauen in ein Höheres, das sich wie mit Engelschwingen liebevoll um dich bewegt und deine Herzenswünsche zu erfüllen trachtet. Es erbarmt sich deiner Tränen und begütet sie mit seinem Lichte, dass sie glänzen in der Hoffnung auf Veränderung und tief gefasster Besserung der Lebenssituation. Du fühlst

dich unvermittelt schon erhoben beim Gedanken an die Huld die Ich dir jederzeit in Fülle und Behutsamkeit gewähre. Das ist dann der Anlass dazu, dass du dich konkret auf Mich und Meine Gegenwart besinnst, um in ihr neu gestärkt ins Licht erhoben und aufs Innigste gestillt voll Seligkeit zu weilen.

Ludwig Weibel, Geboren 1933
Lebt in CH-9200 Gossau/St.Gallen
Studienabschluss als Fernmeldetechniker
Schriftstellerische Berufung zur
"Philosophie des Seins" für vife Geister.
Erstellt elegante Graphiken mit einem
Pendel-Apparat. (Siehe Buchumschlag)
Homepage: www.das-sein.ch